马国兴　王彦艳　主编

风铃鸟系列美文读物

最香的一个冬夜

文心出版社
·郑州·

图书在版编目（CIP）数据

最香的一个冬夜 / 马国兴，王彦艳主编 . — 郑州 ：
文心出版社，2016. 5（2023. 3 重印）
ISBN 978 - 7 - 5510 - 0876 - 1

Ⅰ. ①最… Ⅱ. ①马… ②王… Ⅲ. ①小小说 - 小说
集 - 中国 - 当代 Ⅳ. ①I247. 8

中国版本图书馆 CIP 数据核字（2016）第 055175 号

出版社：文心出版社
　　（地址：郑州市郑东新区祥盛街 27 号　　邮政编码：450016）
发行单位：全国新华书店
承印单位：涿州汇美亿浓印刷有限公司
开本：700 毫米 ×960 毫米　　　1 / 16
印张：12
字数：150 千字
版次：2016 年 5 月第 1 版　　　印次：2023 年 3 月第 5 次印刷

书号：ISBN 978 - 7 - 5510 - 0876 - 1　　　　定价：22. 60 元
如发现印装质量问题　请与印刷厂联系　电话：15711230955

目录 Contents

目
录

最香的一个冬夜

○袁省梅

　　七岁那年那个冬夜的煮羊肉香，一直都生长在我的记忆里，蛰伏的兽般，只要说起最好吃的东西，或者嗅到一丝的羊肉香，它就会乘云驾雾，呼啸而来。

　　那时，我喜欢绒线花，也喜欢夜来香。它们粉红金黄的香味，也浓郁，也香甜，夏天的一早一晚，在我家土院子的角角落落蜂般嘤嘤嗡嗡，缠缠绕绕，惹得猪圈里的黑猪、炕头的花猫都不能老实待着，吭哧吭哧地四处趔摸，好像在找妈妈藏起来的好吃的东西。妈妈最喜欢藏东西了。有一年快过年时，妈妈把炸好的麻花装到柳条筐里，把柳条筐藏在东屋的房梁上。有着狗鼻子的小哥找到了，偷了一根麻花，要放回筐里时，没放好，嘭嚓一声，过年待客、走亲戚的麻花摔得粉碎……

　　那些花虽然香，却只能嗅，不能吃，就是你大口地吞咽了，肚子该咕噜时还是寅时不等卯时。也有能吃的花，比如槐花、榆钱，可是，冬天里，到哪儿找它们呢？后来看到有人把肥壮壮的南瓜花炸了吃，就可惜我家院子的南瓜花都让蜜蜂蝴蝶这些东西给吃了。话说回来，就是吃，它能有羊肉好吃？

　　还是羊肉好吃。

　　天擦黑时，三叔把风火炉子泥好了，火也烧旺了，黑铁锅里添了大半锅水，一块块羊肉放了进去，羊蹄子羊杂碎都放了进去。羊是三叔在岭上养的。三叔在岭上看守石场。石场是大队的。锅开了，肉香味在风中扭搭着跑来了，先是怯怯的样子，试探般，给三叔一点儿，给奶奶一点儿，给我和小哥一点儿，给黑猪和花猫一点儿。接着，就浓厚了，密集了，熟稔了一样，可着土院子四处跑。羊肉香在院子里波涛般前赴后继涌荡起来后，奶奶脸上出现了少有的软和，妈妈每天晚上点灯后发出的叹息也不见了，眉眼上所有的忧心和烦恼，好像都跟着那一锅的羊肉，煮化了，飘散了。

三叔说，黑咧，星星都出全咧。

一抬头，果然看见了满天的星星，也干净，也清洌，在我的头顶，挤成疙瘩了。它们，肯定是嗅到了羊肉香，跑过来的吧。

三叔说，你们先睡，熟咧，唤你们。

我不愿意，小哥也不愿意。可是，院子里太冷了。小哥说，我回去暖和一下。我们就回到屋里，挤到炕头，趴在窗户上看。窗格子上糊着白麻纸，隐隐地，只看见了炉里的火，红红的一团。还有一个小红点，一闪一闪的，是三叔的烟锅子。锅里的肉看不见了。羊肉的香呢？小哥说，香味跟着我们进来了。耸起鼻子一嗅，果然是。我和小哥趴在被窝里，都不舍得睡去。可我们的头一挨到枕头上，眼皮子就打起架了。我们就把枕头抱在胸前，扔到一边。嗅着溜进来的羊肉香，我说要吃一碗肉喝两碗羊肉汤。小哥说他要吃两碗肉喝三碗羊肉汤。我说那不行，你吃两碗肉我也吃两碗，你喝三碗羊肉汤我也喝三碗。小哥说你能吃了？你个小女子娃。我说你管呢你管呢。吵着，我就用枕头砸小哥，小哥也用枕头砸我。我们把羊肉的香味搅腾得浓一道淡一道。奶奶说，有你们吃的呢，快睡吧。三叔也在院子喊，再闹，骨头也不叫你们啃。

睁开眼睛时，是早上了。想起昨晚我和小哥是裹在羊肉香里睡

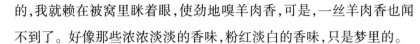

的，我就赖在被窝里眯着眼，使劲地嗅羊肉香，可是，一丝羊肉香也闻不到了。好像那些浓浓淡淡的香味，粉红淡白的香味，只是梦里的。

哇——小哥的号哭将我吵醒。

肉没了。锅里一块肉也没了。肉汤也没了。黑铁锅里只留下白腻腻的一圈油，像眯眼的一瞬间留在唇边的一抹笑。寒风在锅里转圈圈。我的目光伸出舌头，使劲地在那圈油上舔，心却委屈得被泪水淹没了。

肉呢？

三叔不说话，他蹲在炉子前，头夹在膝盖间，肩膀如风中的树枝般抖动，两脚间黑湿了一个点，又黑湿了一个点。好久，三叔才抬起头，把手伸给小哥，只剩这个了。

三叔的手心里躺着四枚羊骨头，我们叫它"羊拐"。我们喜欢在青石板上玩羊拐。

三叔说，羊拐上还有点肉，要不，叔给你煮碗羊肉汤吧。

三叔真的用四个羊拐煮了一碗羊肉汤。羊肉汤上漂着白的葱绿的香菜，香极了。三叔说，好喝不？三叔说，要不，泡点馍？三叔说一句话，就吧唧一下嘴，喉咙里就迅速咕噜一下，很响亮，很兴奋，好像那羊肉汤是他喝了。

我笑了，从碗沿上看着三叔。

三叔看着我和小哥说，明年冬里，叔一定让你们好好吃一顿羊肉。

明年冬天能喝到羊肉汤吃到羊肉？奶奶撇着嘴。

妈妈去抓柴烧炕，也停下了脚，看着三叔，看着我和小哥，撇撇嘴，没说话。

我没有问三叔。我也没有问那锅羊肉的下落。多少年来，我一直没有问过三叔。也许，我是害怕答案会冲掉那个冬夜留给我的大把大把的香。我只记得当时非常相信三叔的话，看着三叔，我点点头，说，嗯。

暖 墓 穴

○袁省梅

母亲的坟墓已经刨开了，等着明天与父亲合葬。老大一身白孝，蹲在坟前，瞅瞅老二，撇撇嘴，心说等老二来了，一起下去。老二在地头蹲一会儿站一会儿，孝子棍梆梆地戳着地边一块砖头，看老大一眼，倏地扭过头，装作没看见，却不往坟前去。

老二和老大已经快十年不说话了。那年，老二的孩子初中毕业停了学，老二找老大帮忙给娃找个活儿干。老大的小舅子媳妇的舅舅在县里是个局长，老大的孩子大学刚毕业，就给找了份工作，安安稳稳地坐办公室拿工资。老二眼红，让老大给他小舅子媳妇的舅舅说说，给他孩子也找份工作。老大没把事情办成。老二孩子工作找不下，打架斗殴，偷盗抢劫，进了派出所。老二抱怨老大不出力，说要是旁人也就算了，可我是你亲弟弟，娃是你亲侄子，你不帮，存心害娃进监狱。老大说我腿都跑细了嘴都说破了，人家说娃只是个初中文化不行啊。老二说没有好活儿还没有赖的吗？你就是存心不帮还说一肚子人情话，你有半点人味儿吗？

老二怨着怨着就怨出了一股恶气，呼哧呼哧跑到老大家，把老大家的锅碗砸得稀烂，电视机也被掀到了地上，摔得稀烂。老大媳妇火了，跑到老二家也砸了一通。从此，过年过节，老大老二也不走动，巷里碰了照面,也跟陌路人般,横眉对冷脸,谁也不理谁。

父亲死了,灵堂设在老大家,停灵七日,供人祭奠。老二对媳妇说,养老送终是正事,咱不去老大家,在地里巷头等着,给爸送终。

总管来了,提着一壶酒,看见地头的老二就高声大嗓门地斥责,眼瞅着天黑了,还不紧赶着下去暖墓穴,等啥哩。

羊凹岭的习俗,亲人下葬前一天,儿女得下到墓穴查看亲人的"房子"——另一个世界的"家",不平的地方平整好,不阔的地方再挖大,还要在放置棺材的地方躺一躺,唤作"暖墓穴"。

老二扯过酒壶,跟在总管身后,去了坟地。

老大下墓穴里了,老二还是不下去,他要等老大上来再下去。他不想跟老大碰面。

总管又叫骂,下,等啥哩?就你弟兄俩,把你爸妈的墓穴弄好。

老二不情不愿地嘟着嘴,把酒壶别在腰上,手撑着洞壁,蹬着壁上的土窝子,下去了。墓穴里,母亲的棺材旁有一块空地,是放父亲的棺材的。老大捏着手电筒,一手拍着黑土,一下一下,拍得很仔细。潮湿的土腥味夹着浓浓的腐烂味呛得老二直抽鼻子,忍忍,没打出喷嚏,一股悲凉却寒流般从鼻子里窜入,流遍全身,冰冷冰冷的。老二不敢看母亲的棺材,薄薄的棺材板子已有缝隙。母亲就在那缝隙里。老二想着,泪水哗地涌了满脸,擦了一把,又涌了满脸。埋葬母亲时,他还小,十岁,不敢下去暖墓穴。老大抓着他的手,说,不怕,有哥哩,跟着哥。

看老大一点儿一点儿地摩挲着洞穴的土,老二突然觉得心里潮潮的,好像看见妈在炕上纺线纳鞋底。妈手上总有做不完的活儿。大哥割草喂猪放羊担水,回来后从草里给他掏摸出一个蛋柿子一个甜瓜。家里没有大牲口,犁地耙地,大哥就扛着疙瘩绳死命拉。冬季农闲,哥就跟爸去山上煤窑拉煤卖。大哥没上过学。爸供不起两个学生。哥总是说，二，你好好学，我和爸供你。

真快啊。突然，老大说，妈都去了三十多年了。

三十四年。老二心里说。他心里别扭着，还是不想搭理老大。

争来争去也不过四尺宽的地儿。老大说着，就躺在地上。

老二突然觉得老大也老了，声音苍老得像父亲。

转脸，都走了。老大说。

老二看见老大脸上亮亮的闪，叹息像从土里挤出来的，深沉，悲凉。

老大起来了，指着地，说，你也躺躺吧，二。

老二心头一颤，多少年了，没听过哥唤他"二"了。他别别扭扭地躺下来，眼前一片灰暗，洞口的光打在土壁上，很遥远，又似乎近在眼前，一抓就可以抓到的样子。那过往的日子呀。

生死就这四米深啊。老大扶着母亲的棺材，唏嘘。

老二爬起来，抬眼看老大，昏暗中，老二看见老大黄瘦干枯的脸。几年的光景，都老了。

老大又说，就剩咱俩了。

老二咬着牙还是不说话，却咬不住泪，四十多岁的人像个小娃娃泪流得稀里哗啦。

总管在洞口喊，好了就上来，奠上酒。灵前还有事等你兄弟哩。

老大踩着土窝子上去时，老二在下面托着他一只脚，往上送。

老大上去了，蹲在洞口，看老二上来了，伸出手，拽老二，说，回去，二，灵前上香。

老二没说话，点点头，跟着老大去老大家了。

手 电 筒

〇袁省梅

当夜晚把黑的袍子哗地抖开在羊凹岭的头顶时,鸡安静了,猪安静了,牛、羊、马也安静了,鸟儿、蜂儿、蝶儿都安静了,只有打麦场角的那丛蜀葵没有安静,场外的玉米、花生、芝麻、红薯没有安静。月圆之夜,打麦场上乘凉的人们都回去了,牛眼、大岭他们也都回去了。你去听去,那些花儿、草儿、庄稼棵子、红薯蔓子说笑打闹的声音就能听见。它们掩在虫子叽叽、青蛙嘎嘎的声音下,嘁嘁喳喳,嘁嘁喳喳,一刻不停。你的耳朵若是很好,说不定还能听到蜀葵的歌声、玉米的喷嚏声、月光的流淌声呢。

可是,现在,你听不到夜晚的声音。

现在,牛眼、大岭他们在场上玩呢。

牛眼说,都关了手电。

牛眼说,统一听我口令,我说开时开,我说关时,都给我关了。今天晚上,手电筒就是我们的枪我们的手,我们要跟天空作战跟星星作战,空中的每一样东西都是我们的敌人,我们不能放过一个敌人。你们,明白了吗?

牛眼的爸爸是队长,说起话来一套一套的,牛眼说起话来比他爸还要一套一套的。

骆驼、地瓜、小屁们说，好。

牛眼说，统一行动听指挥，开！

牛眼一声令下，朦胧的夜空中倏地长出了几根白亮的柱子，长长的柱子如长长的手臂伸向月亮伸向星星。牛眼说，杀掉天河！长的手臂就伸到了天河。嚓，嚓嚓嚓。牛眼说击垮北斗！长的手臂就在北斗星下撕扯。嚓嚓嚓嚓。

他们又把手电伸向场边的钻天杨。钻天杨上有个鸟窝。牛眼说，赶走喜鹊！手电筒的亮光嗖嗖地射向喜鹊窝。喜鹊受到了惊吓，嘎嘎叫着，扑棱棱飞跑了。牛眼哈哈大笑。骆驼、地瓜们也哈哈大笑。一直跟在他们身后的大岭也哈哈大笑。牛眼把手电照到大岭的脸上说，你的手电筒呢？

大岭的头倏地奄拉了。

大岭家没有手电筒。大岭爸妈死得早，大岭家的煤油灯也不能天天点。

牛眼说，你没有手电筒，就当"马"吧。

他们要玩跨马游戏。

大岭说，行，那我玩一下你的手电。

牛眼说，玩完给你玩。

大岭说，一个手电玩一下。

牛眼说，行。

大岭就爬到了地上，做起了"马"。跨马游戏的"马"从最初的趴下到蹲下，到弯腰，随着游戏的进展和跨马者跨跳的程度，一点点增高。以前，牛眼他们玩这个游戏，都是先石头剪子布，输家做"马"。可今晚大岭没有手电筒，做了一晚上"马"。牛眼他们一个个跑步从他的背上跨过。牛眼、骆驼、地瓜、小屁他们玩了半晚上的跨马游戏，都是大岭当"马"。

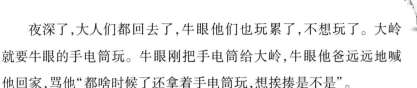

　　夜深了,大人们都回去了,牛眼他们也玩累了,不想玩了。大岭就要牛眼的手电筒玩。牛眼刚把手电筒给大岭,牛眼他爸远远地喊他回家,骂他"都啥时候了还拿着手电筒玩,想挨揍是不是"。

　　牛眼抢过手电筒倏地跑了。

　　骆驼、地瓜也握着手电筒跑没影了。

　　场上,就剩大岭一个人了。月光照到大岭的脸上,他看上去也忧伤,也孤独。四野俱寂,虫声蛙声铺天盖地。

　　大凤来找大岭,拉着大岭的手叫大岭回去。大岭甩掉姐姐的手,跑到了黑暗中。

　　那年冬天,大凤嫁给了牛眼的大哥。媒人问彩礼时,大凤说,给我个手电筒。媒人为难地说,娶媳妇不容易,手电筒,他家有,旧是旧了点儿,能用,过了门,就给你使唤。大凤不依。大凤说旧的也行。大凤要把手电筒留给大岭。

　　大岭却不要。大岭眨巴着眼说,那是姐的彩礼,我不要。

　　大凤哭了。大凤说,赶明年,姐给人纳鞋底纺棉花,攒下钱了,给你买新的。大凤想,大岭是嫌手电筒是旧的。

　　大岭没说话。大岭心说,我要自己挣钱买手电筒,能装三节电池的那种。大岭仰望着高远的天空,眼睛一眨不眨。

　　秋过了,冬过了,一直到第二年的春天都要过了,大岭也没攒够买手电筒的钱。一九七九年的手电筒,三块七毛钱。大岭把卖知了壳、树籽、草籽的钱攒了起来,眼看着快攒够了,就被奶奶要走了。奶奶说,大岭啊,盐罐子空了,你到二婶家借把盐去。大岭就咬牙从炕席子下数出一毛五买了盐。过了几天,奶奶又说,大岭啊,给你和你爷做鞋没有鞋面子布了,找你五嫂子借两块钱扯布。大岭不愿借人家东西。怎么办? 大岭只好把买手电筒的钱拿了出去。

　　夏夜的巷子又热闹了。

牛眼他们已经不玩手电筒了。这些小子长大了。他们聚在打麦场上,学着卷烟、抽烟、摔扑克。玩累了,就躺在麦草上,天南海北地乱扯。地瓜考上了高中,他说开学了要到县里上高中。牛眼说,好好学,考大学。骆驼说,以后当官了,可别忘了咱兄弟。地瓜说,苟富贵,勿相忘……他们说得也热烈,也兴奋。未来,对他们来说,新鲜,神秘,有趣。

牛眼问大岭,你呢?

大岭望着黑深的夜空,说,我想当矿工下煤窑,我要挣钱养我爷奶。大岭没说当上了矿工就会领一盏探照灯。大岭想,探照灯要比手电筒亮多了。

与吴一枪有关或无关的事

○奚同发

毫无畏惧,一人徒手阻截四名抢劫银行的持枪歹徒,刑警吴一枪英勇殉职,并被追认为烈士。公安系统掀起向吴一枪同志学习,争做人民的好警察的高潮。

吴一枪的父亲,曾三获省射击冠军,而如今才是他人生中第一次这么隆重地成为关注的焦点,一次次被领导接见、慰问,一轮轮接受媒体采访。

对于吴一枪的成长,吴父这样介绍:儿子真名叫吴正强,小名"准儿",寄希望日后射击百发百中。准儿一岁抓周,满床东西,偏偏抓了枪,因此做父亲的决定要把他培养成一名优秀的射击运动员。没想到他做了警察,只要开枪,肯定一枪命中,人称吴一枪。准儿小时候拥有多种玩具枪,床头不断更换各式枪的结构图及射击姿势挂图。两三岁时,他常被电视里播放的射击录像所吸引……

起初与记者回忆这些往事,每说一次,儿子虎头虎脑的样子就会浮现眼前,吴父泪眼模糊,禁不住痛哭失声。这是电视台最希望的效果和镜头。吴父不得不前往电视台一次次现场讲述,于是,一家接一家电视台:省、市、国家级,卫视、都市、法制、教育等频道;一家接一家报社:省、市、国家级,日报、晚报、商报、法制报、都市报、工人报、青年报等;一家接一家广播电台:人民台、文艺台、交通台、经济台、旅游台等;还有图片社、画报社以及其他各种杂志社;等等。几乎每家媒体都想挖掘吴一枪的幕后新闻、独家新闻。吴父从起初的悲痛回忆,不断重复白发人送黑发人的失子之痛,直到后来讲述变成"机械"任务,连他自己都吃惊地发现,怎能对儿子这样无情,说起来就像说别人的事?尤其故乡来的电视台,对这种镜头很不满意,直接提出来能不能表现得痛苦些或是悲伤一点。终于有一天,吴家夫妇对着儿子的遗像说:准儿,你就安心走吧!

吴一枪家人搬到哪儿去了? 没人知道,许多记者大惑不解……

接下来,都市报文艺副刊发表了题为《吴一枪曾打断我的半截儿门牙》的文章。作者是吴一枪的童年伙伴,理想是当作家,可写的文章一直发表不了。在他几乎要气馁时,吴一枪牺牲了,他的处女作"一鸣惊人"地发表在省级报纸。文章大意是,童年时玩玻璃球,吴正强出手就能击中玩伴的玻璃球或是将其击成两半。有一天,作者输得只剩一个玻璃球,于是,要同吴正强赌一次。如果吴正强能在十米外击中他的门牙,他就心服口服,否则退还赢他的所有玻璃球。他想吴正强肯定不敢应战。结果"嘭"的一声,他的门牙被打断半截儿……这篇文章引来许多昔日伙伴的嘲笑:简直胡说八道,他的门牙是自己在幼儿园摔断的。

晚报《倾诉》栏目是一位女性讲述的《我与吴一枪不得不说的事》。大意是,小学时吴正强曾向她示爱,遭拒后,当着同学的面,把一个玻璃球弹进她的衣领,玻璃球溜过她的胸口,凉凉的,一直从裙子下摆漏到脚面。她"哇"地哭了。吴的父母为此到她家去道歉,并打了吴一耳光……

对于公安来说,压力最大的是尽快抓捕杀害吴一枪的凶手,侦破银行抢劫案反而退居其次。案情没有一点眉目,疑犯似从人间蒸发……一个月后,接到报警电话,公安将四名案犯一一擒获。两人在佛山,一人在新疆昌吉,一人在黑龙江双鸭山。

几名案犯在不同的地方被抓时,均被绑了双手,戴眼罩,胶带封嘴,被装在麻袋里,扔于火车站广场。谁干的?连十万元的奖金也不要?审讯中,一犯提供了重要信息,他听麻袋外的人说:那么多高手,费了九牛二虎之力都没弄成,这帮小子就做了?会不会弄错?……他们被抓时,都曾被一遍又一遍审问各自的来历和作案经过,曾被怀疑为便衣警察。尤其是被很凶地质问是否杀了吴一枪。唉,他们真不知道谁是吴一枪。四个人在一个工地打工,因为没拿到工钱,麦收急着回家,便决定抢银行。买来一把自制猎枪,不敢抢大银行,便找了一家储蓄所。抢钱很顺利,出了门却遇到一个警察,那真是个傻警察,手里没枪还摆个握枪的架势。虽然第一次干这事,他们又不是两三岁的毛孩子,能被这吓住?就用猎枪打了他一枪,不知道生死……

劫后的情况,一犯交代:他把钱装在一个脏兮兮的编织袋里,上面是破烂。瞅着警车过去,他还在路边垃圾筒里往外掏垃圾。其他同伙蹲在路边树下吸烟、下棋,望着警察在身边忙乎。

审讯室里,警察听得目瞪口呆……

吴一枪的两枪

○ 奚同发

在吴一枪的刑警生涯中,一直隐藏着一个秘密,最令他后悔和遗憾的是,让近在咫尺的一个练就了"百步穿杨"枪法的黑道杀手逃之夭夭,而公安部门掌握的与此人相关的所有线索全然崩断。

对吴一枪和他生活的那座城市来说,那是一个永远都难以忘记的日子。一夜之间,市区连发七起恶性案件,均为抢劫。当天上午公安局才召开了表彰大会,市领导表扬经全体干警的努力,全市治安状况取得不小的成绩。吴一枪属于表彰中的头号人物,连政法委书记都掩不住对他的赞赏之情,在主席台上右手高举说,吴一枪真是神枪手,我们有了这样的神枪手,歹徒不胆战心惊才不正常……

市局凌晨二时紧急开会,已接到五起报案,被抢对象分别是骑电动车下班的女士、一对河边的恋人、行车的政府官员、出租车司机、一家小商店。开着案情分析会,又报案两起,一家二十四小时营业的饭店和一个五口之家被抢。

明摆着给公安"点眼药",你白天开会,晚上电视新闻还说"一片大好",这不,天下大乱了。吴一枪就在这时接到电话,对方要提供线索,但只对他一人说,而且必须按他说的做,否则就不报了。

本想给领导汇报,又怕真的失去线索,吴一枪决定铤而走险。

车至百里外的山下小镇,按对方电话提示开始步行。站在一条宽不足一米而长过百米的巷子口时,吴一枪才明白此行要遇到一个什么样的对手。多少年后,想起那条夜幕下的巷子,他都禁不住会捏一把汗。

那是当地居民的传统,盖房时两家各让出一尺或一尺五的宽度共同形成一条通道,如此相连,便成了闻名的"仁义巷"。这么狭窄的巷子,若有人暗处放枪,有通天的本领也躲不了。他下意识地握了一下裤兜里的枪,让自己镇定片刻,然后双手整理好衣领,借机确认一下腋下携带的另一把64式手枪是否安全,之后便坚定地走进小巷……

接着进第二条巷子。一次次转来转去,穿过一个个这样的巷子和小巷尽头的至少七个十字口,终于站在一座高大的老宅门前。

至此,吴一枪已心静如水,嘴角甚至露出一丝淡淡的笑意:能走过这样黑暗的巷子,以后再面对什么,都真的可以心静如水了。

院内比想象的要开阔。站在门房下,吴一枪迅疾地观察被夜色笼罩的院子,二进门两侧各燃一支食指粗细的蜡烛,通过院内两个天井,门房距大厅正房有三四十米,不知二进院内两侧的情况,一进院的东西两边都是三层高的小楼。

正房和他身后的门房两侧,突然同时燃起两支蜡烛。他左右两侧竟是两个开着机的电脑显示屏,一边显示他和身后的环境,另一边是正房的情况。虽然暗淡,屏幕上的一切却很清晰。没想到,连高科技的红外线摄影头和遥控装置都搬到了这样的小镇,今天的对手绝非一般。

"久闻吴先生大名,今日无非是想开开眼界,本人'露一手'。"清脆的声音从里间传来。吴一枪从右侧屏幕上看到,对方坐在室内方桌一侧,手把茶杯,背景正墙是中堂大画,一副对联挂于两边。对联两侧分别挂着一个双肚子葫芦和一把装饰漂亮的佩剑。

　　吴一枪太知道对手了,对手原名陆天雨,江湖人称"露一手",意思是说,只要他一露手,对手就没得机会。而且黑道还有个潜规矩,无论是谁,就是舍了命,也要保"露一手",因为他的枪法出神入化,可以阻止许多江湖事件的发生。所以,虽然线索不断,公安屡次抓捕,却总有人掩护他……

　　这时,吴一枪听到"扑"的一声轻响,身后的一支蜡烛像被风吹灭一样熄了——江湖玩法,在如此暗的光线下校正枪准,这意味着吴一枪同样要打对手身后的蜡烛。对方说"穿两枪"时,吴一枪身后的另一支蜡烛瞬间也熄灭了。

　　瞥了一眼放在电脑桌上的一把装有消音器的手枪,吴一枪说:"抱歉,江湖的事,我就不接了。我是警察,出了这门,再进来,你就走不了。"

　　对方一阵哈哈笑。

　　吴一枪扭身要走,对方说,不开枪恐怕这门出不了。这时,已有两人在门后各伸一臂挡住他的去路。吴一枪稍做停顿,并不搭话,突然握枪连发两弹。一阵稀里哗啦的声响,正房的两支蜡烛丝毫未损,光线依然。少顷,里面传来无奈之声:"不送了,走好……"

　　吴一枪出门后立即拔枪破门而入,终没能找到"露一手"。不久,市局收到据说是"露一手"让交来的几十把各种枪支,其中不少是改装的。大家一头雾水。从此江湖上再也没人听说过"露一手"。

　　多少年后,一个在建筑工地看大门的老人,听别人说电视剧里谁的枪法多么准多么神,微笑着问,有没有听说过,在只有四支点燃的蜡烛的光线的映照下,手枪可以击断四十米开外悬挂在墙上的佩剑的丝线,而且两次在墙上洞穿的是一个枪眼?

　　别人就撇嘴说,不可能,吹牛……

　　老人笑笑,也不说什么。

天……真准啊

○奚同发

第一幕　独角戏

当武警时，做梦也想不到自己有一天可能被 A 级通缉。复员后，起初只想本本分分当保安，没承想才干了几个月，有一天被老板当众侮辱，忍无可忍，只一拳，这个不经打的家伙就毙了命。从此我开始亡命天涯。

不知道吴一枪是谁，传说中他的枪法甚是了得。那阵子，与吴一枪较量枪法后，江湖上几位神枪手相继退隐。他们找我来，是要破坏不跟警察对着干的规矩。他们说，实在没法子。

这次的活儿，与以前杀人抢劫比，要简单得多。虽然他们一再提醒，小心，这个"雷子"不是一般的"雷子"。我笑，在部队我的枪法准，同一年兵中无人敌。更何况，此番只是诱出吴一枪，然后按事先计划，开枪炸飞警车。对我，这根本就是小菜一碟嘛！

第二幕 好莱坞大片

通缉犯!

仅对视了一眼,我就认出了他。案犯列为 A 级,杀人越货,手段残忍,带有手枪。受惊的案犯转身飞跑,我紧追的同时向指挥中心汇报,请求支援。

搭档在大厦门口没有堵截到,与我会合后便在楼前广场攒动的人群中寻找,突然发现通缉犯坐上同伙的摩托,似乎故意等待在路口。面对这种意在激怒我们的公然挑衅,队友道:吴一枪,此番来者不善! 我只哼了一声。

开启警灯,鸣响警笛,火速逼近。此时,接到指令:绝不能放走案犯,若捉拿有困难,可以考虑现场击毙。

歹徒的摩托转向依山而建的老城区,在时上时下起伏不定的狭窄街道,跟我们兜圈子。

用车载喊话器喝令摩托靠边停车,他们并不理睬。通缉犯不时回望。他手里没有枪,难道是偶然出门与我们狭路相逢? 不像啊!

正准备冲上去强行拦截,突然右侧山道驶下一辆货车横在前面,警车急刹,险些撞上。队友接连鸣笛,我严厉地喊话"靠边让道"。货车倒车时,另一条山路拐下的洒水车又把我们的视线与歹徒隔开。

鸣笛,喊话,洒水车压根儿充耳不闻,扩音器播放着《夫妻双双把家还》的曲子,慢悠悠自顾自地行驶,几乎占满并不宽阔的街道。有些异常! 我与队友同时嗅到浓度很高的汽油味儿。洒水车不是洒水降尘,车厢后面那个碗口粗的龙头忘关了似的,一直往外涌流的竟然是哗哗的汽油,活像水车拖个大尾巴。

不好! 警车刚要提速,在前一个山坡岔道,洒水车猛打方向加速

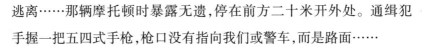

逃离……那辆摩托顿时暴露无遗,停在前方二十米开外处。通缉犯手握一把五四式手枪,枪口没有指向我们或警车,而是路面……

一个"跳"字都没说出口,对方枪已响,路面的汽油被击燃,一条火舌喷向警车。推开车门,飞跃而出,我在空中划了一道抛物线,同时果断搂动扳机……

第三幕　电视社会新闻

现场目击者向记者介绍:歹徒刚加了油门,摩托仅蹿出去几米,由于警察及时开枪,就猛地摔在坚硬的路面上,倒地的摩托双轮还在狂转……子弹擦过后座歹徒的左脸,打中他的同伙的后脑勺,从前额洞穿。溅了一脸血的后座歹徒大喊一声"天……真准啊",便被甩飞,重重地撞到电线杆上。

警车被燃烧的汽油引爆。110、120、119 响成一片,像我们通常看到的电影画面一样,总是事发半天之后,这些车才威风八面地聚集而来。

有热心市民推测,歹徒之所以说的是"天……真准啊",大概是"天哪"后面的那个"哪"来不及说出口,或是大脑已跟不上说话的速度了。

第四幕　小说

据队友说,审讯毫无进展。同伙身亡,通缉犯别的都说不清,只会说:天……真准啊!

伤愈归队,吴一枪非常惊讶,通缉犯竟然住在刑警队。因为案犯被鉴定为精神分裂症,看守所拒绝收押;报检察院批捕,得到书面回复,让先办刑拘,再提请审查。无奈,只好把犯人暂留队里,变刑拘为监视居住,怕他脱逃、自残或伤及他人,或是袭警,每天至少两名警察轮流看管。

这时通缉犯在床上一个翻身,见了他,嘻嘻一笑,继而神秘地说:天……真准啊!

吴一枪愣了一下,才发现对方的目光早越过他的肩头落在窗外。

民工看球

○曾颖

　　民工钱二果的女儿小莲在捡垃圾的时候,捡到两张花花绿绿的足球票,她在民工子弟学校上过几天学,知道这两张票还没有过期。于是,她像平常捡到水泥袋、啤酒瓶一样,高高兴兴地把它们交到了父亲的手上,因为那上面印着的80元钱一张的字样,说不定能使她在吃晚饭的时候不再被父亲骂为"吃白食的"。

　　钱二果拿着价值160元的两张薄纸感到有点不知所措。

　　他想,这样一笔钱可以买一百斤大米、几十斤土豆甚至还可以买几斤肥肉,这些东西足以让他的三口之家美美地吃上一个月,而有些人却把这些钱换成两张薄薄的纸,这真是不可思议的事啊!

　　就在民工钱二果为怎样处理两张足球票而困惑的时候,工棚里的人们早已沸腾了。这沸腾中,除了夹杂着跟钱二果一样的困惑外,更多的是羡慕,都说小莲运气好,说得满脸都是灰尘和汗水的小莲咯咯地笑。

　　有人建议拿出去卖,160元卖100元,保证好卖。但马上有人反对,他们认为失主肯定会到体育场门口找,去卖票等于自投罗网。

　　有人建议拿到小卖部去换东西,小卖部那个小老板经常冲着电视机狂吼乱叫,肯定是个球迷,拿去找他换烟、换豆瓣、花生和酒,大家可以美美地乐一场。

这个建议大家都说好，但钱二果不愿意。他觉得自己凭什么要让大家高兴而让自己不高兴呢？即便是捡来的东西，总归还要值160元钱啊！

几个后生似乎看透了他的心思，就说："不如这样，你把票给我们，我们帮你捡水泥口袋，我们大家都得点实惠。"

双方约定，至少要捡够价值80元的水泥纸，并请工棚里年龄最大的耿二爷做公证人。于是，四个渴望现代生活的小后生成为球票的新主人。

四个小青年为周末的球赛做了很多准备，他们买了饼干并用捡来的矿泉水瓶装了自来水。由于只有两张票，他们商定一人看半场，就像他们平时喝酒那样，不一定非要喝足，大家尝尝是啥滋味就成了。

一连几天，他们都兴奋地谈论着，甚至在为钱二果捡水泥袋的时候他们都没停嘴，搞得工棚里的人们都说，这几天耳朵都快被足球磨出茧子了。

周末终于来了，球赛在晚上七点四十分开场。虽然这一天工地照例加班，但包工头儿看到四个毛头后生眼中熊熊燃烧的火光，于是破例让他们先下班。小后生们一个个欢天喜地，跑回工棚洗了个冷水澡，换上了新衣服，高高兴兴地赶车去体育场。

他们到达体育场时，这里已是人山人海，很多人身上插着旗，脸上涂着油彩，像在跳大神，还有很多人高举着彩旗在狂吼。经过猜拳定出输赢，两个幸运的后生先进去。他们在另外两个后生的要求下赌咒发誓，保证看完一半就出来再让他们进去。

上万人在一起喊叫真是过瘾。开场了，两支足球队在场上厮杀，由于没有望远镜且不懂规则，他们只是觉得几十个人在场上乱跑，一个球在四处乱蹿。看台上，纸条在乱飞，彩旗狂舞。人浪一圈一圈地

飞转。想着这巨大的人浪是由花 80 元以上的钱进来的人组成的,他们惊呼着惊呼着,突然就没了语言。

上半场很快就结束了,双方球队交换场地。四个小后生也换了位置。先前进场的两个后生发现,原来,先进场的不是幸运,而是不幸。听着场里一浪高过一浪的欢呼和叹息,他们觉得时间像瘸腿的大象走路般让人难受。

好不容易等到散场。因为今天主队失利了,当初敲锣打鼓的人们显得非常沮丧,一个个拖着旗帜耷拉着脑袋,有的男人还哇哇哭得伤心。在门口等同伴的两个后生觉得他们特别可怜。他们的同伴最后出来,这时广场上的人已经很少了,他们在外面早就等得不耐烦了,责怪同伴说:"你们要看到关灯才肯出来?"

后来出来的两个后生怀中抱着一大堆废报纸和塑料喇叭,说,这些都可以卖钱,地上还有这么多,快捡快捡,拿去卖了,我们今天的车费就有了……

小偷和他的儿子

○ 曾颖

孙三不当小偷已经很多年，但家乡的人们仍然把他当成小偷。他于是便离开了老家，他唯一的"行李"便是刚满五岁的儿子乔乔。这可怜的小孩儿是在他服刑后来到人间的，孩子的母亲在生下他之后便不知去向了。孙三第一次见到儿子是在儿子四岁生日的前两天，那天他刑满出狱，邻居王大妈把他带到福利院领儿子。他永远都记得第一眼看到儿子的情景：儿子正攀在三楼的铁栅栏上往下看，像一只关在笼中的幼鸟。

从那一刻起，孙三发誓，这辈子决不再偷东西。

他们来到红花堰，孙三发现自己先前所学的东西在这里基本上没什么用处。这里住的外来民工和小贩们大多懂得两三样谋生技能，很多人口袋里都装着厨师或美容美发师的资格证书。连小贩们也是冬天卖烤白薯、莲子羹，夏天卖西瓜、甘蔗汁或冰粉，都是一专多能。

没有专长的孙三很快就没钱买米了。他几次心慌手痒想重操旧业。有一次，他甚至已准备好了掏钱的铁夹子。但每当他要向别人的钱包下手的时候，手就会发抖。这可是行业的大忌，就如同模特儿发胖、歌星嗓子发炎。他知道自己绝不是因为怕挨打，因为入道以来他挨过无数的打，大不了搽点红花油、喝点童子尿就扛过去了。他觉

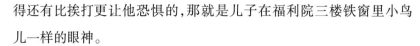

得还有比挨打更让他恐惧的,那就是儿子在福利院三楼铁窗里小鸟儿一样的眼神。

为了不偷,孙三吃了很多苦头。他在煤厂拉过煤,每天累得黑汗长流,但总算还能挣够父子俩的饭钱。但好景不长,因为环保问题煤厂关了门。他又到建筑工地帮人拉过砖,晚上还到高速公路上去给外地货车带路挣点外快,日子虽然清苦,但心里还算踏实。

日子像茶一般清苦却又温暖,孙三觉得这是他人生中最幸福最平静的一段时光。他像一只老鸟一样四处努力寻食并哺育儿子一天天成长,虽然累点,却很满足。即使半夜查暂住证的敲门,他也没有恐惧感,他觉得这样的感觉非常好。

儿子一天天长大了。他给儿子在民工子弟学校报名读书。民工子弟学校收费虽然很低,但毕竟多了一份开支。孙三于是更努力更辛苦。但这样下来,陪儿子的时间就少多了。儿子每天放学后便成了野马,在红花堰任意奔跑着。

为了让儿子不至于像自己少年时因家贫羡慕同学的零食而起盗心,孙三戒掉了当年在监狱里都没戒掉的烟瘾,把每天省下的两元钱装进儿子的小书包,叫他想买什么就买什么。在红花堰的低档商店里,两元钱足以买到供一个小孩子开心半天的糖果和小玩具了。

孙三以为每天给儿子发钱就会平安无事,于是放心地去挣钱,放心地继续让儿子当野马。直到有一天,儿子的老师请他到学校,告诉他说乔乔拿了同学的铅笔,他才开始觉得事态有些严重。他最担心的事便是早年邻居刘大妈咒他说"小心偷东西的习惯会遗传"。莫不是真的要应验?

他给儿子买了十支漂亮的铅笔,告诉儿子,不许拿别人的东西,想要什么告诉爸爸,一定给你买。他小心翼翼地避开"偷"字,而说是"拿"。

儿子点头答应。但没过三天,他又"拿"了同学的卡通书。

他又给儿子买了一堆卡通书,用哭腔哀求儿子:别拿人家的东西!

儿子点头答应,但不出两天又忘记了。这让孙三有些绝望,他担心自己的偷性是不是真的遗传给儿子了。当初怀儿子的时候可是他偷东西最厉害的时候啊,因为孩子他妈说要房子、冰箱和彩电。

多年不怕的敲门声又开始让他恐惧了。因为每次开门说不定就会有一张愤怒的脸来控诉儿子又拿了别人的饼干、奥特曼或钱。

他知道,他对儿子的温柔方法被儿子误读了,他决定使用父亲当年对付自己的办法——触及触及这臭小子的皮肉。

在又一次发现儿子偷别人钱的时候,孙三决定好好惩治一下儿子。他精心选了一根不粗不细、既能打痛人又不至于伤筋动骨的竹条,然后从游戏室中将儿子抓回来。当时儿子嘴上叼着一支烟,正老练地打着街霸游戏。孙三将儿子拎回家试着打了几下。从没挨过打的儿子对突如其来的挨打很惊讶。他很夸张地哭叫着,这让孙三更愤怒。想着正是因为自己平日的纵容而让他一天天变坏,他必须阻止他,于是更狂地打。儿子叫得愈发惨了,孙三从叫声中听出了不屈服的情绪,他有些失去理智了……竹条雨点般打了下去。儿子见哀号没用,便不再哭了。正当孙三以为儿子要认错而放下竹条时,儿子像猴儿般蹿上窗台,从楼上跳了下去……

幸好是二楼,儿子只摔断一条腿。派出所来人了,说要拘留孙三,但考虑到孩子没人照顾,又放了他。孙三在回家的路上大哭了一场,之后便和儿子一起在红花堰消失了。

没有了孙三父子的红花堰依旧是那样纷繁嘈杂,而世界,却因为孙三父子的消失而显得有些落寞了。有人说孙三回老家种地去了,他没有再让儿子读书,而是天天守着他。他说,这样虽说娃娃没有什么出息,但可以平安地过一生。

在这里不要叫我妈妈

○曾颖

这个关于母爱的故事,是一个保安小兄弟讲的:

我是到省城帝豪小区当保安的第三天认识阿兰的。准确地说,应该是她主动来和我搭讪并请我吃苹果的。这是我在这座富人住的小区中受到的最高礼遇。这里的住户,通常是车进车出,而保姆们,则因为忙或别的什么原因,不怎么搭理人。

从相貌和装束上看,阿兰也是保姆,但也许是来城里很久了,她的举止言谈和衣着,并不像其他小保姆那样。她总是穿着一件洁白干净的上衣,套一双价格低廉但样式还算好看的皮鞋,浑身上下散发出一股淡淡的香气。

她每次出现,都带着一个小男孩。小家伙白白胖胖一脸营养过剩的样子,他的衣着,永远是最新最时尚的。

我的工作,是看护小区的花园。花园占地几十亩,是小区的配套工程,里面有健身跑道、游泳池、网球场,还有儿童游乐设施。我主要负责看门。这里是中心城区内少有的一片绿地,周围几平方公里仅有的几十棵老树全在里面。

每天下午六七点,阿兰就会带着小胖胖准时来公园。阿兰总是穿一件洁白干净的上衣,而小胖胖,则像一个变形小精灵,身上的衣物和手中的玩具一天一个花样。

小胖胖一来，就和孩子们一起去滑滑板车或做游戏，阿兰就站在一旁，远远地看着孩子，像看一幕精彩的电影，随着他的表现而变换着表情。

我问阿兰：你的工资一定很高吧？看把孩子带得多好！

阿兰总是含笑不答。

几个月时间很快就过去了，我和阿兰也混成了熟人，小胖胖每次见面，隔很远就会喊我叔叔。

有一天，保安队长对我说，最近有业主反映，外面时不时有人混入花园，极有可能是保险公司的业务员或小偷团伙的卧底。一定要提高警惕，将这些不安全因素清除出去。

之后，我睁大眼睛努力寻找队长所说的可疑人物，但几天下来，一无所获。

有一天，一个中年妇女来向我举报，说有个女人，老是带个娃娃来和她孙子套近乎。她在小区里没见过这女人，她怀疑那女人动机不纯。

她指的女人是阿兰。

这是我不愿认可的事情，但为了不让那女人向队长投诉，我决定悄悄查一查。

这天夜里，我换上便衣，跟在从花园里出来的阿兰身后，远远听见孩子叫阿兰妈妈。阿兰赶紧制止他，说：小声点，我给你说过多少遍了，在这里不要叫我妈妈，要是被别人听到了，你就不能来这儿玩了。

我悄悄跟着他们，左拐右拐走了几里路，来到一处城中村。这里是外来人口聚居地，我刚进城的时候，也住过类似的地方。我跟着他们，从狭窄而杂乱的巷里穿过，突然觉得前方夜色中一大一小两个身影,与周遭的环境是那样的不协调,像两朵花落入垃圾桶。

在一个小杂货店前,他们停下,店里一位明显比阿兰大的男人没好气地说:又跑哪儿去了?你不嫌折腾?这孩子每月折腾的钱,够我们吃半年了!

阿兰进店,很快换了件蓝布衫,端着一个盛满碗的大锅,蹲在街边,一面洗一面说:折腾?你忍心让娃娃像咱这样混一辈子?我就是要让孩子去好一点的环境和素质高的孩子玩!总不能让他跟咱们周围这些野孩子去交流怎么捡垃圾刨沙土吧。我不能给他好的环境,但我一定要让他知道什么是好,什么是坏!

我没有把所看到的情况向队长汇报,每天仍努力以平静的神态,继续和阿兰母子打着招呼。我的耳朵里,冷不丁会回响起那声让人心碎的声音:在这里不要叫我妈妈!

我为你做证

○白旭初

郊外小河边，两个垂钓者：一个高，一个矮。矮且胖的叫王五，高而瘦的叫赵六。他们本不相识，因爱好相同，星期天常在河边碰面，也常相互调剂诱饵钓饵余缺或谈论钓鱼经，于是有了点头之交。此刻，他们相距二十多米，都凝神注视着水面上的浮标。

今天是久雨初晴的头一天，是钓鱼难得的好天气。可是王五的鱼运不佳，一上午过去了，他只钓到三四条两寸长的小鲫鱼。而他右边的赵六却鱼运亨通，隔不了多久，就能听见他欢喜地叫道："王五，看，我又钓到一条大的！"他接连钓起了几条一斤多重的鲤鱼。

王五沉不住气了，焦躁地把渔线拖来甩去。

突然，王五一挥竿，那鱼竿立时成了一把弓。"大鱼！"王五心里一阵激动，暗自庆幸时来运转。想把这喜讯传递给赵六，但"大鱼"二字还没喊出声，他就蒙住了：被拖出水面的不是鱼，而是一个黑色手提包。鱼钩正好挂住了包的提环。

王五使劲拉开拉链，包里有付款委托、购货发票，还有记事本和身份证。这些湿漉漉的东西，上面的字迹仍清晰可辨。里面还有半截砖头。显然，这是小偷作案后扔到河里的。小偷只要钱，不要包。

王五愣愣地望着包：如何处置它呢？

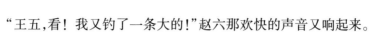

"王五,看! 我又钓了一条大的!"赵六那欢快的声音又响起来。

王五又羡慕又着急。看着包,他直抱怨自己倒霉,恨不得把这个不祥之物重新扔到河里去。他犹豫了一下,一抬手,把提包扔进身后的草丛中。

一个星期过去了。王五又来到郊外小河边。这一天,他的收获十分可观,还钓到一条两斤重的鲤鱼。他想让赵六也分享分享他的高兴,但他的点头之交这天没有来。又一个星期过去了。王五又一次来到郊外小河边时,发现自己一时疏忽,忘了带钓饵,他又想起了赵六,可是这天赵六又没有来。

又过了一个星期,王五和赵六终于在小河边见面了。

这天,王五来得好早,他打好鱼窝后,寂寞地坐在岸边抽烟。他听见咳嗽声,一扭头,见赵六慢慢走过来了,便大声招呼:"伙计,两个星期没见着你,病了?"

赵六笑了一下,笑得很勉强,把渔具放下,接过王五递过来的烟,点燃,话和烟雾同时喷出:"病个卵!"

"怎么啦?"王五看着对方有些憔悴的脸。

"没什么!"赵六在王五身边坐下。

"上两个星期天,鱼特别爱咬钩!"王五眉飞色舞地谈起了钓鱼经,"我每次都钓到七八斤,还钓到一条两斤重的。"

"倒霉!"王五的好消息并没有使赵六表现出兴奋来,赵六反而又重重地叹了一声。

"你有心事?"王五问。

"一言难尽呀……"赵六近乎痛苦地摇摇头,"有人怀疑我与一桩现金盗窃案有关,又是盘查又是到单位了解,还问我有无前科,没完没了,娘的!"

"什么案子?"王五问。

"我捡了个提包，好心好意去上交，可……"

"怎么回事？"

"那天，你没钓到鱼，气得回家了。我后走，发现河边那草丛里有个黑色提包，里面明明只有发票、身份证什么的，他们硬说还有一笔可观的钞票，真是活见鬼！"

"冤枉！"王五大声为赵六叫屈，"这包是我从河里钓上来的，我开始以为是大鱼，还喜得不得了呢！我也看过里面，没钱！"

"怪不得是湿的！那天怎么没听你说过？"

"先是怕你取笑我，后来急着要钓鱼，忘了。"王五说出了原委后，笑起来。笑毕，他认真地说："你别怕，明天我为你去作证。"

又一个星期天到了。这天风和日丽，是钓鱼的好天气。赵六早早地来了，刚在钓位上坐下来，便从口袋掏出两样东西：一瓶荔枝汁，一包日本鱼钩。这是他要送给王五的，他感激王五。

然而，一连几个星期天，河边都没有王五的人影。

寄　钱

○白旭初

　　回乡办完父亲的丧事，成刚提出要母亲随他去长沙生活。母亲执意不肯，说乡下清静，城里太吵住不惯。成刚明白，母亲是舍不得丢下长眠地下的父亲。成刚临走时对母亲说，过去您总是不让我寄钱回来，今后我每月给您寄二百元生活费。母亲说，乡下开销不大，要寄寄一百元就够用了。

　　成刚母亲住的村子十分偏僻，乡邮员一个月才来一两次。如今村里外出打工的人多了，留在家里的老人们时时盼望着远方的亲人的信息，因此乡邮员在村子里出现的日子对留守村民们而言，就是节日。每回乡邮员一进村子就被一群大妈大婶和老奶奶围住，她们争先恐后地问有没有自家的邮件，然后又三五人聚在一起或传递自己的喜悦或分享他人的快乐。这天，乡邮员又来了。成刚母亲正在屋后的菜园里割菜，邻居张大妈一连喊了几声，她才明白是在叫自己，慌忙出门从乡邮员手里接过一张纸片，是汇款单。成刚母亲脸上洋溢着喜悦，说是我儿子成刚寄来的。邻居张大妈夺过成刚母亲手里的汇款单看了又看，羡慕得不得了，说，乖乖，两千四百元哩！人们闻声都聚拢来，这张高额汇款单像稀罕宝贝似的在大妈大婶们手里传来传去的，每个人都是一脸的钦羡。

母亲第一次收到儿子这么多钱,高兴得睡不着觉,半夜爬起来给儿子写信。母亲虽没上过学堂,但做村小教师的父亲教她识得些字写得些字。母亲的信只有几行字,问成刚怎么寄这么多钱回来。说好一个月只寄一百元。成刚回信说,乡邮员一个月才去村里一两次,怕娘不能及时收到生活费着急。成刚还说他工资不低,说好每个月寄二百元的,钱用不完娘放在手边也好应付急用呀。

看了成刚的信,母亲甜甜地笑了。

过了几个月,成刚收到了母亲的来信,信只有短短几句话,说成刚你不该把一年的生活费一次寄回来。明年寄钱一定要按月寄,一个月寄一次。

转眼间一年就过去了。成刚因单位一项工程工期紧脱不开身,原打算回老家看望母亲的,不能实现了。他本想按照母亲的嘱咐每月给母亲寄一次生活费,又担心忙忘了误事,只好又到邮局一次给母亲汇去二千四百元。二十多天后,成刚收到一张二千二百元的汇款单,是母亲汇来的。成刚先是十分吃惊,后是百思不得其解,正要写信问问母亲,却又收到了母亲的来信。

母亲又一次在信上嘱咐说,要寄钱就按月给我寄,要不我一分钱也不要!

一天,成刚遇到了一个从家乡来长沙打工的老乡,成刚在招待老乡吃饭时,顺便问起了母亲的情况。老乡说,你母亲虽然孤单一人生活,但很快乐。尤其是乡邮员进村的日子,你母亲更是像过节一样欢天喜地。收到你的汇款,她要高兴好几天哩。成刚听着听着已泪流满面,他明白了,母亲坚持要他每月给她寄一次钱,是为了一年能享受十二次快乐。母亲心不在钱上,而在儿子身上。

买　肉

○白旭初

　　她每天去农贸市场买菜,但很少买肉,如今的屠户缺德得很,病猪肉、猪婆肉也拿来卖,她分辨不出哪是病猪肉、猪婆肉,哪是好猪肉,便不敢买。

　　自从认识他之后,她便放心大胆地买肉了。

　　一天,她经过他的肉摊,他叫住她,说:"你不认识我了? 我们曾经是邻居呀!"

　　她盯了他好一会儿,终于想起来了。十年前,她和他确实曾住在同一条小巷里,但不是邻居,也没有什么往来。

　　他说:买肉吧?

　　她犹犹豫豫,说:想是想买……

　　他说:买多少?

　　她说:就怕买到病猪肉、猪婆肉!

　　他指指挂在铁架上的猪肉,说:买我的绝对放心。我会骗熟人?

　　她仍不放心,但又不好推托,说:那就买两斤吧。

　　回家后,家里人问她:该不是买的病猪肉、猪婆肉吧?

　　她说:不会吧,卖肉的是个熟人。

　　家里人说:卖肉就为赚钱,还管你是生人熟人?

她答不出话来,这餐肉也没吃出滋味来。

其实她和她家里人是十分喜欢吃猪肉的。过了几天,她又去买肉。她没有直接去他的肉摊,而是在如林的肉架前转来转去。她分辨不出哪是病猪肉、猪婆肉,哪是好猪肉。于是又回到他的肉摊前。

他见了她,热情地说:又买肉?

她点点头,说:买肉。

他却不动刀割肉,而是神秘兮兮小声对她说:今天我卖的肉也别买……你明天来吧。

回家后,家里人问她怎么没买肉。

她便把他对她说的话对家里人说了。还说:生人熟人就是不一样嘛!

家里人也说:这人还挺义气的。

于是,她以后便只买他卖的猪肉。她还推荐别人买他卖的肉,还把他曾对她说过的"今天我卖的肉也别买"的话学说一遍。

于是,他的生意便很兴隆。一天家里有人过生日,她在他肉摊上买了四斤肉。买好肉后,她又去买鱼、买蔬菜。转来转去,她又经过他的肉摊,无意中听到了他对一个老婆婆说的话。他对老婆婆说:今天我卖的肉您也别买……您明天来吧。

她再看他的肉架,架上好多挂肉的铁钩子都空着,那猪肉已卖得差不多了。

她站在那儿,木了。

犁　地

○展静

　　苍茫大地，两个人躬身犁地，两头老牛一冲一冲地卖力拉犁。

　　王老头吭哧吭哧地犁地，现在他犁一个来回就得站住喘一会儿，捶捶腰。

　　王老头扭头看李老头，李老头呼哧呼哧地犁，犁一个来回，也站住喘气捶腰。

　　两头老牛也呼呼喘。

　　俩老头干了半个时辰，干不动了，也不想干了。歇会儿吧。

　　王老头放下犁套，坐在垄上歇了。李老头也放下犁套，过来，坐在王老头边上歇了。

　　"你还行。"李老头说。

　　"行什么，我年轻时一气能犁一亩地。"

　　"我年轻时一气能犁一亩多点儿。"

　　歇过劲来了，两人又干活儿。犁一阵，喘一阵，捶一阵。几圈后，又干不动了，又歇。

　　两人坐下对了火。

　　李老头说："说点什么吧。"

　　王老头说："说吧。"

李老头说:"我儿子比我强,在大城市盖房子,一天能弄个十来块,半个月顶我一亩地麦子。上次,我去看儿子,他们刚建好一栋大楼,好高,看得我头晕。儿子带我进去看了看,我的妈呀,真亮堂,跟水晶宫一样。听儿子说,住一晚上一百多块,够我们干半年活儿。儿子又带我到楼顶上去看,儿子说,前几天,这儿跳下去一个女的,长得好白。我说,白,不就是吃白面吃的。儿子说,城里的白面好吃。我问儿子,她为什么跳楼。儿子说不知道。真是的,好好的跳什么楼,累死我我也不会跳楼,你说是吧。"

"是。"王老头说,"我儿子也在大城市做事,在火车站搬东西,一天也能赚个十来块。上次,我去看儿子。到了火车站,儿子他们正在搬大箱子。我问这是啥玩意儿,儿子说是冰箱,几千块钱一个。我问干啥用的,儿子说做冰棍用的。你听清了没有,花几千块钱就为了做冰棍,顶我们种几年麦子,这事咋整的。"

"就是,咋整的。"

两人聊完了,又犁田。犁一阵,喘一阵,捶一阵,再犁。季节不饶人哪,这几天得把这二十来亩地犁完,还得种上。吃是天下第一要紧的。

苍茫大地,两个人躬身犁地,两头老牛一冲一冲地往前赶。

鼠高一尺，人高一丈

○展静

上午，老伴儿出去买菜了，就老王头一人在家。老王头正坐着歇，眼角有个黑影在地下移动。老王头低头一看，是一只大老鼠在地下寻食。

大白天的，也不躲起来，欺负我老了不是。老王头起身，老鼠窜到柜子底下，露出半个身子，不动了，圆溜溜的小眼睛瞪着老王头。这是一只鼠王鼠精。

好你个鼠崽子，你敢瞪我。

老王头拿起拐杖，追打老鼠，老鼠溜了。

第二天上午，又剩老王头一人。老王头坐在藤椅上半眯着眼养神，因想起年轻时的几回壮举，正自我得意，眼角又晃过一个黑影。老王头定睛看去，又是那只大老鼠。

真是捣蛋。老王头盯着老鼠，老鼠也盯着老王头，四目相对。

鼠崽子，真跟我干上了，跟人似的。老王头抓起拐杖，狠打老鼠。根本打不着，老鼠又溜了。

第三天，老王头在屋里装了夹子，放了肉皮鼠药，准备置老鼠于死地。

老王头在藤椅上靠好，闭上眼，等着听夹子的声音。

那只大老鼠识破了老王头的诡计，发火了，吱吱叫，又啃又抓，在屋里咚咚乱窜，有两次从老王头的脚背上踩过去。

老王头直起腰，老鼠不动了，就在老王头对面停着，瞪着老王头：老头儿，不服，试试。

老王头火了：你以为你是什么东西，也敢跟我斗？！

老王头抬脚踩去，老鼠一跳，踩了个空。

还能让你踩到了。老鼠来到屋中间，继续瞪着老王头：来吧，老头儿。

老王头不知是计，赶上一步，手离了椅子，又抬脚狠狠踩去。

就在老王头一脚腾空时，老鼠朝老王头的另一只脚窜去。

老王头浑身一抽，这只脚也腾空了。七十岁的人了，哪能两只脚腾空。老王头落下来的时候，屁股先着地，脑袋还在哪儿碰了一下。老王头一下没声了，也不动弹了。

老鼠见把老头儿弄倒了，得意地"吱"一声，慢慢靠过来，看看老头儿是死是活。

老王头躺着，闭着眼，心里有数：老鼠就在一边，还会来扰他，目的很清楚。

老王头纹丝不动，他知道自己没伤着骨头。他想好了一个主意，他发现自己的右手心朝上，平摊在地上。

老鼠也看到了这只手，这只手像五根香肠，正好下口。

老鼠慢慢靠近，先用胡子触触，没反应；再用前爪挠挠，还没反应。

老王头浑身发毛，强忍着，小不忍则乱大谋，差点儿闭过气去。

就在老鼠伸嘴想咬时，老王头手一翻，一把抓住老鼠。

老王头一手撑地坐起，瞪着老鼠，头发竖起，青筋暴突的手狠狠抓着老鼠。

老鼠绝望地吱吱惨叫。

老王头左手指着老鼠说：跟我斗，你长我这么大再说。

老鼠不叫了，低下头，认输。

老王头想：怎么弄死这东西？抓在手里很不好受。

老王头起身，坐在椅子上，看着手中的老鼠，老鼠也看着他。

老王头知道，这是只鼠王鼠精，似乎已经具有一定的思维能力，跟人一起住久了，也有点人气。他看到老鼠眼里凄惨求饶的神色。

老王头叹一声：年纪大了，也不愿杀生。他左手指着老鼠说了一句：以后不许做坏事。

他慢慢弯腰，手一松，老鼠掉在地上，迅疾钻到柜子底下。老鼠又从柜子底下出来，看了一会儿老王头，又走了。

从此，这只老鼠和其他老鼠再也没来过。

时　空

○展　静

　　最近，快四十的大王似乎心理出现了问题，或者说是精神出了问题。比如，自己熟悉的生活了几十年的街道突然有点儿陌生起来，有了陌生感；而到了一个新城市，那街道似乎什么时候到过一样，有点儿熟悉感。比如，看似很熟悉的人猛地一见面却叫不出名字来，只能说"你好你好"，很尴尬；而三十年前小学同学的名字却偶然会蹦出来。再比如：梦中的情人或者说过去的相好，在梦中出现以后，过几天，在现实生活中就会出现，碰到。而现实生活中的爱妻，确确实实的爱妻，却很少到梦中，一二十年都不到梦中。前一阵，爱妻偶然到了梦中，却是白天吵架的回放。

　　大王想，这可能就是所谓的大脑时空扭曲。大王想来想去，可能根子在那个女人身上。

　　初中时，大王边上坐了一位女同学，长相不是最漂亮的，成绩不算最好的，但整个人却有一种吸引人的魅力，一种少女少有的沉着平静的魅力。初中的男女同学喜欢喊喊叫叫，唱唱跳跳，但她总是双手斜插在上衣口袋里，平静沉着地看着他们，有时嘴角咧一下笑一下。大王看着她那沉着平静的双眼和脸庞，心里也安静下来。大王确信，只有他才能深刻感受到体会到这种魅力。别的男同学眼里只有

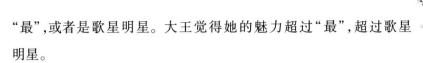

"最"，或者是歌星明星。大王觉得她的魅力超过"最"，超过歌星明星。

其实也没什么，大王就是对她有好感。女人天生敏感，对大王也有好感。男女之事是互相的。两人从对方的眼神和身体发出的信息，知道双方互有好感。

两人只是有好感而已，并没有深交的意思，这也许是性格使然，也许是年龄、前途、社会、家庭等太多的束缚，不允许他们深交。初中三年，以后考高中，大王考上一所高中，她考上另一所高中，两人被命运分开了。以后，大王在路上和她碰到过两三次，点点头，简短地说几句话，或笑一下，双方觉得关系更深了一层。这只是更增加了一份惆怅和思念。大王有几次在想象中和她交谈。这种断断续续的交谈有越谈越深之意。他相信，她也会在想象中和他交谈。再以后，她考上了一所外地大学，大王在本地上大学。十几年过去了，两人中间见过几次。

前天，也就是大王大前天梦到她以后，他和她在路上碰到。这是几年后两人第一次碰到，两人一震。他就约她去喝茶。两人坐在茶馆，慢慢品茗，清淡而有味的茶，长喝不腻。她还是那样沉着平静，双眸平静得像无涟漪的湖水，清澈又安静，只是眼神深处有风霜风浪的痕迹。他和她就简单交谈了一下，诸如工作、家庭、孩子等日常琐事。双方都知道，两人家庭都很好，都很幸福。

但是双方都清楚，这二十多年，双方都没有忘记对方，而且思念和年龄增长一样，越来越深。也不知为什么，少男少女种下的种子，在无形中慢慢长大，长得很高很大了。这是双方浇灌的结果。两人都觉得心理上离不了对方。但两人不愿深谈，只是泛泛而谈，也许两人怕深谈深交，怕失去这种淡淡有味的清香和韵致。仅十几二十分钟，两人因有事，就分手了。走时，双方也没互相要电话号码。只是说再见,再见,总是要再见的,不管是在现实还是在想象中。

　　看着她离去的背影,大王心里倏忽飘过一丝想法,也许这二十多年来根本就是自己的一种想象,是自己的一种心理时空扭曲……

碧 玉 箫

○朱雅娟

　　如尘在温侯府为奴已有三年。温侯待如尘不薄,从没把她当奴才看待。如尘与其说是为奴,倒不如说是当小姐。如尘听到过闲言碎语,无非是温侯早就觊觎她的美貌。但如尘心里清楚,温侯与她父亲是金兰契友,温侯待她与父亲毫无二致。三年前,父亲得罪了权贵被革职充军,家眷流放的流放,充奴的充奴。温侯差人花了重金才赎回如尘,为了掩人耳目,只说收了个丫头。

　　这天,如尘照例去给温侯请安,温侯放下手中的书卷,说:"你我名为主仆,实似父女一般。虽说女子无才便是德,但能识些字终究是好的。"于是如尘有了一个教她识字的先生。先生姓陈,年龄与如尘相仿,才情却不错。若非家中落难,丢了秀才的功名,秋闱定当高中。许是惺惺相惜,如尘和陈生暗生情愫,终于私订终身。闻知此事,温侯的寂寥与沧桑显露无遗。

　　温侯答应了如尘和陈生的婚事,并给陈生置了一间书房,让他静心读书。温侯用略带伤感的口吻告诉如尘,他已帮陈生恢复了功名,今秋开科后让陈生去赴试,不管中举与否,等陈生回来后就给他俩完婚。接着温侯轻叹一声,缓缓道,岁月催人老,如尘小丫头也要嫁人了,我才觉得自己真正老了……

温侯的眼角竟然有些湿润,如尘正不知怎样劝解他才好,温侯却又笑了,掩饰道,人一老,毛病就多了,见月伤怀,迎风流泪,让贤侄女见笑了。这时温侯忽然看见了如尘悬在床头的一支玉箫,通体油碧,端的是件罕物。

贤侄女也会吹箫吗?温侯一脸惊奇。

如尘垂下头,红了脸道,这是陈先生央我保管的。

温侯笑道,原来是定情信物,不知可否借我一看?

如尘解下玉箫交与温侯,温侯复又笑道,老夫年轻时倒也会吹箫弄笛,不知现在还能不能凑凑热闹。遂将箫送至嘴边,吹了一曲《鹤冲天》。

如尘虽不懂音律,但也听得如痴如醉,尤其到一鹤冲天,独翔天空,豪气盖天却又英雄寂寞时,如尘禁不住流下了热泪。

温侯摇头道,是我的不是了,这支曲应当有一种遁世后的悠闲与逍遥之气,却让我吹奏得平添了几分伤感,让侄女见笑了。温侯又不经意地问,陈生平常吹什么曲子给你听?

如尘笑道,这是他家传之物,他自己嘛,倒不会弄这些宫商之调。语毕,如尘忽然有了一点淡淡的失落。

温侯却说,人间至情讲究的是心律相通,陈生虽不甚懂音律,但与你早已心心相印,心神俱合,已是人间绝唱。

如尘笑出了声,侯爷说笑了!

温侯深深地看了如尘一眼,忙又收回目光,有些局促地告辞了。此后几日,如尘明显感觉到温侯有意无意地回避着她,如尘竟有些怅然。

陈生赴试前和如尘说了许多话,但一提及温侯,两人都略显不自然。鬼使神差,如尘竟拿出碧玉箫让陈生吹奏一曲。陈生一脸不高兴地拒绝了,惹得如尘也不高兴了许久。但毕竟是少年情人,俩人没多久也就忘了这件事。

陈生果然不负众望,金榜高中。消息传来,温府一片喜气洋洋。陈生却没有回府,只简单给如尘捎了封信,大意是自己要到外地为官,先要回老家扫坟祭祖,请如尘不要牵挂。

后来又有消息传来,陈生回乡后与一位早有婚约的女子成亲了。

如尘怎么也不敢相信这是真的,执意要去陈生为官的地方看个究竟。温侯劝阻不住,答应让如尘去,但必须再等几日。

三日后,竟是陈生出现在如尘面前,原来是温侯差人快马押回了陈生。

陈生一脸悲戚,但还是承认了他负心薄幸的事实。如尘终于变得平静,她从床头解下碧玉箫交还给陈生。陈生接了箫已是满脸热泪。

窗外是十五的大月亮,屋内是一对情人的含泪眼。陈生突然引宫按商,吹奏了一曲《潇湘夜雨》。

窗外是烟笼寒雾月笼纱,屋内是潇湘夜雨洒秋池。如尘这才真正意识到,秋已深了,冬将至了。

一曲既了,如尘强作欢颜,原来陈先生也会吹箫,且吹得并不比侯爷差。

陈生一怔,苦笑道,侯爷的境界可是小生能比的?

如尘道,陈先生仿佛话中有话呀。

陈生不语,依然将玉箫挂回如尘的床头。这支箫还是留下的好,小生自惭形秽,是配不上它的。

如尘冷冷道:它是你的,早就沾染了你的污秽,还留它做甚?

陈生仍不语,只作了个长揖,小姐,保——重——

陈生还没走出房门,就听见清脆的玉石声,那支浑身翠绿的人间至宝碎了……

此后的日子无聊又漫长,温侯给如尘说了不少亲事,不是如尘不乐意,就是温侯觉得不适合。

终于有一天,醉酒的温侯拉住如尘的手喃喃道:如尘,我真的好喜欢你。如尘才仿佛大梦初醒。如尘没有逃,听任温侯摆布……静静地躺在温侯身边,如尘等着天亮,她知道温侯醒后一定会大惊失色,痛不欲生,请求如尘原谅他……

一切如如尘猜想的那样……如尘终做了温侯的小夫人。一日,温侯问起那支碧玉箫,如尘淡淡地回答:碎了。

琉 璃 灯

○朱雅娟

　　这是如烟嫁到林生家后的第一场大雨。林生是个落魄秀才，肩不能挑，手不能提，只好操起做油灯卖油灯的营生，每日穿街走巷，生活倒也略有盈余。

　　如烟和林生的相识是偶然。如烟是一个大户人家的丫环，雨夜被刁蛮的小姐派出去买点心，点心没买着，却滑了一跤，钱撒了，手里的琉璃灯也碎了。回府的路从来没这样长过，天上的雨也从来没这样密过。如烟只有听任雨帘一幕幕换，一幕幕扯，一幕幕编织着连天的网……这时如烟多么希望能有一盏灯，一盏普普通通的灯，照亮她回去的路……

　　林生出现了，手里的那盏琉璃灯在雨夜发出暗淡而又柔和的光。如烟没敢出声，她甚至怕这个拎着灯的年轻人过来和她搭讪。林生没有，径自从她身旁走过。如烟又有点失落，哀怨地任那一点灯光前行，前行。

　　奇怪的是那点光移动得很慢很慢，慢到如烟可以从容地追上它，越过它。

　　如烟就在那盏灯的指引下安全地回到了主人的府第。如烟后来才知道，林生的家与她主人的家根本不在一个方向。后来，再后来，如烟终于嫁给了林生。

新婚夜,如烟和林生把那盏雨夜中的琉璃灯擦了又擦,洗了又洗。如烟点亮了灯,而后依偎在林生怀中,吐气如兰:"不管今生来世,你的心灯都让我点亮,好吗?"

林生则认真地捧了如烟的脸:"你就是我今生来世唯一的灯,永远的灯。"

雨仍在下,下得如烟的心都要湿了。时而急促时而散漫的雨声并不理会如烟的心情。正如忙碌的林生,每天周旋于他的生意,哪里还有闲工夫来理会谁的心情,谁的感受?

林生和如烟的爱情故事被多事的文人写入戏文,并增加了这样那样的爱情作料。于是林生的生意变得红火,而那盏琉璃灯也被传唱为冥冥中的神灯,被林生与财神爷供在一起,在香案上享受着连绵的香火。于是有许多人想高价购买那盏灯。林生征求如烟的意见,如烟淡淡地说:你是当家的,问我一个妇道人家做甚?

林生遂坚定地说:"不卖!"

如烟就笑了,眸子生着光。虽然林生忙,忙得不可开交,但雨夜里的那盏琉璃灯还在,他的心还是她的。

可今夜,如烟出奇地心烦,漫天的雨像编织成的连接天地的巨网,紧紧缠绕住她,她就像被蛛网缠绕住的一只飞虫,无论怎样极力挣扎都无济于事。

如烟决定到灯铺去看看。

林生正准备打烊,挂在门口的大大小小的琉璃灯在雨夜中温暖而明亮。

如烟进门的第一句话就是:"那盏灯呢?"

林生笑起来了,露出一口洁白的牙齿,气息中有淡淡的玫瑰茶的香味:"那儿,不正在香案上好端端地供着?"

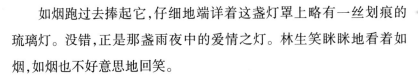

　　如烟跑过去捧起它,仔细地端详着这盏灯罩上略有一丝划痕的琉璃灯。没错,正是那盏雨夜中的爱情之灯。林生笑眯眯地看着如烟,如烟也不好意思地回笑。

　　多么美的夜,还有这飘落的雨……

　　"骗子!"

　　一个怒不可遏的声音忽然在如烟耳畔炸响。她惊愕地回头,看见一个裹着雨点的女人站在身后,手里拎着一盏似乎跟香案上那盏一模一样的灯!

　　"骗子!"那女人又激愤地说,"我花了半生的积蓄买下这盏灯,就是为了找回往昔真挚的爱……什么狗屁神灯,一点都不灵,原来真的仍在,却把假的卖给我了。"

　　"卖?"

　　如烟好像没听明白,又好像听明白了。她接过女人手中的那盏灯仔细瞧瞧,灯罩上依稀也有一丝划痕……

　　如烟笑笑,又笑笑。她瞄了一眼发呆的林生,盈盈走到香案,拿起那盏琉璃灯,连同手里的这盏递给女人:"这是两盏我也无法辨认孰真孰伪的灯,一并给你。至少这两盏灯中有一盏是真的。"

　　女人固执地说:"我却不信,谁能保证香案上的那盏灯一定是真的?"

　　如烟的心似沉到了湖底,是啊,谁能保证?

　　"不就是一盏灯吗? 我退你钱。"林生吼起来了。

　　"是啊,不就是一盏灯嘛。"如烟幽幽地说,手里的两盏灯轰然落地。飞溅的琉璃碎片发出清脆的声音。

　　雨还在下。

　　但雨会停。

黑 马

○安庆

　　那一年秋后犁地，我们借了岳父家的马。套上马，我在前边牵着马的笼头。然而，这匹马很不配合，它好像认生，像是知道犁的不是它家的地，就有些使性。它呼呼地走几步就停下来，头一扬，尾巴一甩，让在后边扶犁的哥哥几次摔倒。后来它又尥蹶子，我妻子来牵它，它照样不给面子，照样走几步又尾巴一甩停下来，太阳老高了还没犁几垄地。我赌气地把马牵回家，拴在院里的一棵榆树上，我开始教训马，用鞭子抽马，满脸汗水地骂着马，我想让马屈服，然后服服帖帖地犁地。可是马恼了，马又拼命地尥起蹶子，发出愤怒的叫声，尾巴翘起老高。我越是整它它越反抗，我就是在这一刻把马毁了，我恼火地从地上抓起一块砖头，使劲地向马投去，我听见咚的一声，马颤抖了一下，接着它的一条腿颤了起来，马的屁股上浸出一层潮湿的东西。唧唧——马无奈地叫着，我看见了马眼里的哀怨，凭我对动物的接触，我知道那是马最无奈的叫声。马在最痛苦的时候不是嘶鸣，当时我不知道马的那一条腿就这样完了。当我试图看看马行走时，我失望了，我颤颤地去解开马的缰绳，马在走路时那条被我砸伤的腿稍一沾地就即刻弹起来，那条腿它再也没有放下来，四条腿的马现在要三条腿走路了。我心情沉重地把马重新拴回去。马残了，我不知道该怎样向妻子交代,我知道我是无意的,但我一时的冲动害了一匹马。我听见了妻子的哭声,她一边哭一边念叨:咋弄啊,好好的一匹马,牵来时好好的,怎么就站不起来了?怎么让我跟娘家交代啊?我忽然害怕起来,对着那匹马流出了眼泪,我想逃跑。我对家里人说,不犁了,我自己把地全剜了,我扛着铁锹在地里呼呼地剜地,有时就独自一个人坐在地头发呆。那匹马后来被一个屠宰场拉走了,在马被拉走时我的心针扎一样地疼,妻子躲在一个角落偷偷地看着马被拉走。一匹马在睁着眼时就被屠夫牵走太伤一匹马的心了,简直是一种残忍。我就这样成了一匹马的杀手。

一个深夜,我站在村外的旷野,忽然看见那匹马向我奔来,马鬃在夜风中抖动,它沉默地站在我的对面,好像是一次邂逅,又好像是一种等待一种示威。我站着,想向马诉说我的忏悔,可是黑马转眼间又消失在无边的旷野。我听见风的涌动,忽然感觉我的愧疚和一匹马的生命相比多么卑微。

我离开了家去一个城市流浪,我的打工生活就这样开始了。我的目标是用一年的工钱买回一匹膘肥体壮的大马,然后和妻子牵着送到岳父家。这也许可以使我的心里少一分惭愧。那段时间我一闭上眼,它齐刷的鬃毛、黑色的眼睛就出现在我的面前,让我的惭愧在夜的漆黑里惊醒。我更加拼命地干活,想尽快地还了我的心债。有一次我遇见了一个老乡,他说:你是不是司家小二?我说我是。他说:你们家里人到处找你。我吓了一跳,更加愧疚。可是,我不想见他们,因为我还没有挣到马钱,我往邮筒里塞了一封报平安的家信,又换了一个工地。

我决定再远走他乡,去遥远的草原,义务地做一个牧人,喂养和放牧,让我的心在放牧中找到安慰。和包工头结了几个月的工钱,我在一个夜晚扛起了行李。我先走上了回家的路,想看看村外的河和我的叫瓦塘南街的村庄。我站到了沧河桥上，你们想不到我看见了什么，我在沧河桥上看见了一个女人，瘦瘦的身影很像我的妻子，太动人心魄了；我甚至听见了马的响鼻，就是黑马临走前那一声让我永远记挂的响鼻，在朦胧的夜色里我真的看见了一匹马的身影……

是我的妻子。而且是岳父家的那匹黑马。

她在那个晚上告诉我，马的命是珍贵的。它不会轻易离去，它在走向屠宰场的路上被一个老兽医救了。妻子说，真的，马真是命大，马在被拉走的途中碰到了老兽医，老兽医把马截住了，老兽医说，这么好的马它不能死，当时就把它牵走了……

后来每天的傍晚她都牵着马在沧河桥等我，和黑马一起在等我回来。

可老兽医已经走了。

第二天，我们去了老兽医的坟地。

当我跪下时，我听见扑通一声——马跪下了双腿。

我又听见了马的响鼻。

漂在河床上的麦穗

○安庆

那个遥远的夏日,我和母亲去邻村拾麦穗,夏日的阳光下,我看见满地都是挎篮拾麦穗的女人。母亲佝偻的腰一次次弯下,凌乱的头发被风掀起。快晌午的时候,母亲把拾的麦子摁在那只荆条篮里,嘱咐我把麦子先送回去。

那段记忆就刻在我回家的路上。我沿卫河大堤匆匆地行走,半途上我看见一棵粗大的桐树,树荫伸展遮住了整个路面。我拿定主意在树荫下凉快一阵儿再走,忽然看见桐树下坐着一个满脸横肉的壮汉,身旁放一把铁锨和一顶草帽,一种不祥的预感顿时涌上心头。我打消歇息的念头,两眼直直地看着前方,勉强支撑着往前走。"站住!"一声吆喝从身后传来,我一个激灵,下意识地护住篮子。眼露凶光的汉子已经站到我的眼前。

"在哪儿拾的麦子?"

"在……在南地……"我战战兢兢地回答。

"不知道麦子不让拾吗?"汉子满脸凶气地问。

我说:"是……是一块放了哄的地。"

"胡说,放了哄也不能让外村人来拾。把麦子放下。"

"不。"我紧紧地攥着篮子。

"放下!"那人又凶凶地命令。

一种本能的恐惧使我攥着篮子想夺路而逃,但篮子被狠狠扯住了。"哇——"我恐惧地哭了,静静的炎日下,我的哭声在河谷回荡。

"把篮子放下!"汉子没有丝毫的妥协。

我在哭声中争辩:"这是我妈拾的麦子,为什么要给你留下,为什么给你留下,为什么?呜呜。你不讲理,不讲理!"

那人似乎要和我赌气,猛地从我手里夺过篮子。我号哭着和他去争。我哪里争得过他。篮子被他狠狠地抛出去,在空中划过一道长长的弧线,转身看时,篮子已落进河床。

我放声大哭,眼泪哗哗地流下来。我想起母亲烈日下的辛苦,湿透的衬衫。我拼命地奔下河滩,鞋在奔跑中丢了一只,衣服被河坡上的荆棘挂破了。

一双粗壮的大手拽住了我,我猛地扭过脸愤怒地盯着他,我愤恨地要咬他的手,他松开了,有些手足无措地看着我。我跳进河里,泪水随着河水流淌,我在哭声中抓住了那只荆篮,但篮里的麦穗已被河水冲跑。我站在河水里,看着麦穗漂在河床上,波浪一波波地把麦穗冲走了。我就那样站在河水里看着麦穗被一穗穗冲远。后来我掂着滴着水珠的空篮,穿着一只鞋,穿过大堤,蹒跚地回家。

后来我知道那个扔我篮子的人是邻村的一个干部,姓胡。

没想到我后来要和老胡打那么多交道。多年后我被招聘到乡里,而老胡这时已经是邻村的党支部书记。这之后,我因工作不得不多次和老胡接触,但那曾经经历的事是不好说出口的。渐渐地我发现老胡并不是那么凶神恶煞,他在村里还颇有口碑。他带着群众调整种植结构,在全村搞玉米套种,亩均收入是传统种植收入的几倍。

但那个结并没有从我的心中消失。

那年夏天,我陪种子公司的几个人在邻村待了几天。一天午后,我和老胡沿村东的河堤散步，走到一处排灌站，老胡停下来。老胡看着静静流淌的河水忽然对我说："我给你讲一件事。十几年前，那时候我年轻气盛，我在河边伤害过一个孩子。那一天，我在树荫下乘凉，就是这棵老桐树。那孩子挎着一篮沉甸甸的麦子从树下走过，我当时心情不好，一赌气把孩子的篮子扔进了河里，那孩子哭了，疯狂地跑下河滩。我忽然害怕了，我紧跑几步拽住了孩子。可那孩子两眼愤怒地看着我，我丢开了他的胳膊。孩子什么也不顾地跳进河里，捞出了篮子，可麦子已被河水冲走。直到孩子安全地上岸，我才放下一颗悬着的心……多少年过去了，我一直不能忘记那双倔强的眼睛。要是孩子那天有什么闪失，我一生都不能心安啊。我真是……"老胡说着怔怔地望着河水。而后，老胡又怔怔地说："可惜，我已记不得当时那个孩子的面目了，也不知道他是谁。如果有一天，我能见到他，认出他，和他站到一起，我要向他深鞠一躬，向他道歉……"

老胡的故事实在让我难以自持，我不知道此刻该说些什么。

老胡从沉吟中醒过来，忽然问我："你怎么了？"

我说："没事，我只是为这个故事感动……"可我的泪水已经止不住了。

老胡忽然扳过我的肩膀："你说，当年的那个孩子是不是就是你？多少年来我的脑子里一直晃悠着那个孩子的影子，从第一次见到你，就觉得你和当年那个孩子那么像，孩子倔强回头的样子一直刻在我的心里。是不是你？是不是……"

老胡抓住了我的手。

我依然愣着。

老胡双手合十，在我的面前深深地弓下了腰……

一湾河水依然静静地流着。

写　生

○安庆

　　画家在山前几乎画了一整天的画,九岭山小而奇的风光令画家流连忘返。画得有些乏了,画家收拾画板进村讨水喝。

　　小村很静,山虽然是奇山,但坐落在山下的村庄却显得有些偏僻。画家踩着村中的石板路走了一截,抬手敲响了一家的门。开门的是一个女子,画家赶忙介绍:"我在山下写生,画得又渴又累,来讨口水喝。"女子拉开门,说:"进来吧。"画家却听出女子的声音不像本地人。再看那女子,秀气的脸上透着困乏。

　　一方石桌,几方石凳,女子把一碗开水端到桌上,又用脸盆盛了凉水,放了毛巾让画家洗。画家洗了,坐下慢慢地喝水,水甜甜的,画家禁不住地夸:"山里的水真好喝。"

　　"那就多喝点。"女子就又续水,话音侉侉的,虽听出不是本地人,又一下子说不清是哪里人。

　　女子愣愣地看他喝水,像想说什么话,却又两眼不住地往屋里睃。

　　"嫂子,你不是本地人吧。"

　　没等女子回答,从屋里闪出一个汉子来,一脸的沧桑,画家对汉子解释:"我在山下画画,讨口水喝。"

　　女子介绍:"这是当家的。"

汉子问:"还需要什么?"

画家又喝了几口水,掮了画夹站起来:"不需要了,谢谢大哥,谢谢嫂子,趁天早我还要赶画。"

重又支起画夹,面对大山,聆听山鸟的鸣啾,画家却怎么也画不下去了。画家脑海闪过那倒水的白皙的手,闪过那女子复杂的目光,闪过女子欲言又止的神态,直到晚霞染红了山。画家收拾工具结束一天的写生,却发现少了什么,画家匆匆地又踏上小村的石板路。小村这时候显得有些热闹,外出的,下田的,陆陆续续地往家赶。画家走过小街,不断地有人侧目。敲了门,这次开门的是汉子,画家进了院子问:"大哥,我刚才是不是丢了东西在石桌上,就是一个小本本,一支笔。"

"是这个吗?"女子从屋里出来,手托着他丢下的通讯录和那支派克笔,两眼直直地看着他。

"就是这些,麻烦了,谢谢。"

走出小村,画家展开小本本看,看过了,画家面对夕阳下的山又快速展开画夹,须臾展现在画板上的是一个女子的速写。画完了,画家风尘仆仆地沿着山下的路走。

一连几天,画家没再来。几天内降了一场秋雨,雨后的山显得更加清秀。

这天画家又来了,画家看着雨后的山,看着山旁出现的一条小溪,激动地支起了画夹。画家画得累了,又到村里找水喝,雨后的石板街清清净净的。画家又去敲那家的门,抬头一看门上了锁。有人告诉他,这家的汉子前些时候从人贩子手里买了一个女子,两天前女的被救走,汉子也被带走了。

画家点点头,长长地舒了一口气。

画家又去画画,画家笔下的山显得分外明净。

燕 雀 言

○张皓宇

　　老王去找陈胜了。

　　陈胜字涉，我们都叫他陈涉。当年他讲道："燕雀安知鸿鹄之志!"我们都乐了。老王问："鸿鹄是啥?"有人笑答："和燕雀一样,都是鸟儿!"大家哈哈大笑。

　　陈胜一声不吭,继续耕他的地。

　　那时,始皇帝刚刚平定天下。老人们捋着胡子跟后生们说："你们赶上好时候喽! 我们年轻时,这一户户里就没有多少男丁。像我们这些老骨头都是从死人堆里爬出来的,现在,总算不打仗啦。"

　　我对兵荒马乱的年代本来记忆不多,并不觉得眼下这个时候有多么好。兵役、徭役、赋税,压得老百姓喘不过气来,但没有大灾大难的日子,说过也过得下去。只是当时没有自己的地,我总觉得心里空落落的。那时我天天想着挣够了钱,买一块自己的地,好好种,置办一个像样的家。其他一起种地的差不多也都这么想。陈涉不一样,天天念叨以后谁富贵了别忘了大家,好像我们种的不是地而是金子。不过,有陈涉整日说大话惹人取笑,倒也让天天埋头苦干的我们多了几分快活。

　　给别人种地六七年后,我终于攒够了钱,可以种自己的地了。至

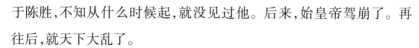

于陈胜，不知从什么时候起，就没见过他。后来，始皇帝驾崩了。再往后，就天下大乱了。

最初是纷纷传言，楚国过去的将军项燕没死，在一个叫大泽乡的地方起兵，号召兴复楚国旧业。也有说领兵的是始皇帝的长公子扶苏。郡里县里都人心惶惶，老人们长吁短叹，只有那些从楚地来的百姓很高兴。后来又有人说，首领不是项燕也不是扶苏，叫陈胜。我们这些兄弟心里一惊，陈胜？难道是当年一起种地的陈涉？又听说，他们打下了陈县，国号张楚，陈胜自立为王。此时，到处都起兵了。我们的县吏也给人杀了，村里的年轻人，很多都兴高采烈地四处投军。老人见了直摇头，没人理会他们。大家都在传，要变天了，再不用交那么多租税！暴秦要完了！

昨日，老王突然满脸喜色地推门而入，见我便喊："老宋，你道那位楚王陈胜是何许人？"

我正准备出门去看看庄稼，听他此话稍有一愣，道："就是陈涉？"

"然也！"老王眉开眼笑，"我刚问一个从陈县过来的商人，原来那陈胜正是我们阳城人，字涉！错不了，错不了！收拾东西吧，老宋！"

"收拾东西做甚？"我还在惊讶之中。想不到陈涉过去并非空谈，还真干了一番大事业。但是，和我又有什么关系？老王怎么如此高兴？

"瞧你这记性！"老王笑道，"当年陈涉是怎么讲的？谁富贵了，都别忘了大家。这可是他亲口所言。现在他自己当上楚王，我们去了，还不得分一杯羹？就算不封侯，我老王也要过几天舒坦日子！快收拾东西吧，明天我们就走！"

我倒没他那么激动，只是觉得一切来得太突然，没有任何准备，回他道："你不要急着走，容我再想想。"

"还想什么？明天出发，估计傍晚就能到陈县！这种地的苦日子,我受够了!"老王性急,心直口快,有事说做就做。我总觉得,有些事情没有那么简单。今天还在辛辛苦苦种地,明天就能享受锦衣玉食? 不敢想象。

我就劝老王:"唉,你也别高兴得这么早,兵荒马乱之中,什么事都难说,如今他可是称雄一方的楚王,也许早就忘了我们这群穷兄弟啦。这么去找他,还不知是福是祸。"虽然这么劝,我知道以老王的脾气,肯定没用。

老王说:"何必说这泄气话! 当年陈涉为人如何,你不会忘记吧?"

"自然记得,他一直很重义气,做事绝不亏待朋友。"

"那你还犹豫什么! 妇人之见!"老王有些恼怒了。

"我觉得现在的生活也没什么不好,我不是不想富贵,只是一想到要离开这熟悉的乡村田地,去投奔一个多年不见、如今还在带兵打仗的朋友,心里就觉得发虚。要去你去,我还是不大想去。"

"哼,胆小怕事,你还记得陈涉当年是怎么说的吧,'燕雀安知鸿鹄之志'。你愿意继续做燕雀你就做,我反正是要去找那什么……鸿鹄了,你种一辈子地吧!"老王一脸不悦地出了门。

他指责的倒也不能算错。我确实舍不得种地的安稳日子。如今,我有家室,有土地,过去盼望的都有了,在这战乱年代,不挨饿,还能过活,我已经很满意了。我总感觉陈胜像老人们讲的故事里的将军,离自己很远很远。找他? 我不敢想,也不想多想。该侍弄庄稼去了。

老王不久就派人给我带来个口信,陈胜果然没有食言。现在他与陈胜十分亲近,可以自由来往于他的宫殿。老王还特别嘱咐传话人告诉我,陈胜的王宫很是阔大气派,让他大开眼界,现在陈胜过着皇帝般的日子,劝我也去陈县。

　　我考虑了一夜，还是没有动身。现在战事吃紧，各地都不太平，到处非兵即匪，亦兵亦匪，全家赶路，颇多凶险，倒不如继续待在这还算安稳的地方。有句话叫故土难离，说的正是我吧。我羡慕老王，知道自己有些瞻前顾后，但终究不喜欢生活有太多变数。

　　之后听说，很多部下都离开了陈胜，起因似乎是他杀了一位同乡。那同乡整日述说陈胜年轻时的生活，陈胜认为有损自己的威严，将其斩首。我想这个人一定是老王，便为他可惜了很久。

　　我继续守在自己的土地上。

　　没过多久，又传来陈胜兵败被部下杀害的消息。后来又传来了项羽和刘邦开仗的消息。打仗的日子又持续了五年，项羽被刘邦打败。不久，我们都成了大汉王朝的子民。令人高兴的是，汉朝的徭役赋税比起秦朝要少很多。

　　没有人再议论过陈胜。

　　其实，我一直都很佩服陈涉。有时看到天上有鸿雁飞过，我会想起他。

自刎

○张皓宇

"哥,我不想死,真的不想死。"我诚恳地求着唯一的亲人,从小到大一直照顾自己的兄长。

他淡淡一笑,很镇静地道:"别怕,很快就过去了。拔剑吧。"

我们都是齐王田横的门客。自然,他早已不是齐王了。当年,他与兄长田儋、田荣在齐地起兵抗秦,我们一直追随着他。战火无情,齐地失了又夺,夺了再失,田家还是没能成为最后的胜者。田儋、田荣均在一次战斗中死去。随着汉王刘邦的节节胜利,中原没有了立足之地,主公田横带着我们最后的五百人逃到一个海岛上避难。想不到已经成为皇帝的刘邦,还是没有放过我们,下诏给主公,命其投降称臣,得封王侯,否则立即派兵诛灭。

主公同意降汉,带着两位随从奔赴都城长安。不久,又有使者命我们五百人也上路出发,来到这里,得到的竟然是主公自杀的消息!

原来他耻于称臣,过去又曾杀过汉王的说客,心中有愧,早已萌生死志。他知道刘邦想一见自己的面容,在距都城三十里处,拔剑自刎。随从快马加鞭将尸体送至长安。刘邦以诸侯王之礼厚葬了主公。葬后,两位随从立即自杀相殉。现在,到我们了。

所有人都那么从容,那么坚定,一切仿佛是自然而然的规矩,无

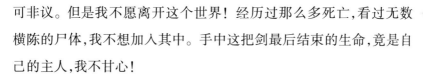

自刎

可非议。但是我不愿离开这个世界！经历过那么多死亡，看过无数横陈的尸体，我不想加入其中。手中这把剑最后结束的生命，竟是自己的主人，我不甘心！

哥哥并未思虑太多，脸上依然略带一丝安详的笑意，道："动手吧，我们一起上路。"

我按住剑柄，带着最后一丝希望问道："一定要走上这条绝路吗？没有任何选择吗？"

"那是自然。你何出此言？"哥哥已经拔出剑来。

"我不想就这么自刎……我们都还年轻啊！"我依然不放弃。

他似乎意识到了什么，表情顿时严肃起来，问我："你，不会是……贪生怕死吧？"

"当然不是！"我和他一样，最怕听到的就是这个词，"我从十五岁就和你一起随田家东征西讨，出生入死，你可见我在战场上有一刻怕过？"

"没有，你是好样的，没有给我们过世的父母丢脸，我一直以你这个好弟弟为荣！"哥哥的脸上闪过几分自豪，"那你现在为何如此胆怯？"

"我并非胆怯，只是心有不甘。我们都曾想保佑主公，创下一番大业，如今没有成功，主公身死，难道我们五百人都要为之殉葬吗？我不想……"

啪！我的话还没有说完，哥哥怒气冲冲扇了我一掌，厉声训斥道："大胆！你怎能道出如此不忠不义之言！你忘了主公往日的恩情？当年我们父母死于战乱，我和你无家可归，若不是田家收留了我们，恐怕我们兄弟现在早已弃尸荒野！此间五百人，无不受到过主公的莫大恩惠。数年来，主公与我们同甘共苦，四处奔波，从未抛下我们，齐地的百姓，有谁不称赞主公礼贤下士？如今正是我们报恩效命之日，你却畏畏缩缩，真不知羞耻！"

我很委屈，也提高了声音："这一切我岂会不知？哥，你应该了解，我同样忠心耿耿。若主公有令，我必然赴汤蹈火，在所不辞！但如今之情形，非比往常，主公已然离世，为之殉葬，不过徒增一具尸体而已。我们年纪尚轻，完全可以浪迹天涯，纵横天下。我相信，主公九泉之下有知，也一定不愿我们就这么随他而去！"

"你不是胆怯，便是糊涂！重义轻生，为知己者死，乃古来高士之风范。我等不才，未能辅佐主公成就霸业，已然有罪，以死相随，理所当然。你还记得我曾讲过的豫让、聂政、荆轲这些侠士吗？他们感知遇之恩，为主公行刺权贵，纵然身死，其美名亦传诵至今。这都是我们的榜样！"

"不错！我也佩服他们的英勇果敢，意志坚决，但我们的主公已经去了，这般自刎，就是效忠？我只是为自己感到可惜……"我的声音不觉中越来越小。

"可惜？你不觉得愧于贪生吗？"哥哥继续说道，"当年伯夷、叔齐宁肯饿死，不食周粟。如今刘邦逼死了主公，我们却还要做大汉的臣民，苟且偷生，有何颜面存立于世上！"

哥哥的话，并不是没有道理。我似乎明白了一些，却始终觉得心中另有一个自己，没有被说服。那个自己如溺水之人在拼命挣扎，用尽力气喊着："救救我……我不想死……我不想死……"但是他只能眼睁睁地看着自己就要被水淹没。

所剩时间不多了。同行的人，都已拔出剑来，有的已经动手。我看着这些相伴多年的兄弟们，一个接一个倒下，没有任何人迟疑。哥哥紧盯着我，目光越来越凌厉，如一柄利刃向我刺来。我愈发不敢看他，低下了头。

那么，就此告别这个世界吗？我忽然无比怀念曾经避世而居的

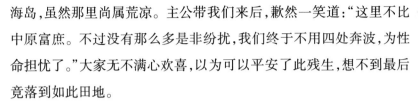

海岛,虽然那里尚属荒凉。主公带我们来后,歉然一笑道:"这里不比中原富庶。不过没有那么多是非纷扰,我们终于不用四处奔波,为性命担忧了。"大家无不满心欢喜,以为可以平安了此残生,想不到最后竟落到如此田地。

哥哥的剑指向我,冷冷地说:"我希望你能自己通晓大义,倘若依然怕死贪生,我就与你断绝兄弟之谊,莫怪我剑下无情!"

没有时间过多考虑了,我知道,五百人中,自己断然不能独生。我拔出了剑。此刻,心中突然有些恼怒,无非一死,胡思乱想那么多作甚?眼一闭,剑一横,一切都结束了,他人无不如此,为什么唯独我会觉得不甘心?但越想消灭这种心绪,这点不甘越如一颗在石缝中挣扎发芽的种子,顽强地生长着。

我承认,自己始终都没有拔出这颗种子。但也无关紧要了。死,果然是一件很快的事,我似乎连疼痛都没有感到。合上双眼之前,我看到哥哥满意地笑了,他把剑横在他自己的颈脖上。

也许正是那一分不甘心吧,我虽然死了,魂魄却仍在汉朝的土地上游荡。有一天,我看到一位叫司马迁的文人在竹简上写道:"吾闻其余尚五百人在海中,使使召之。至则闻田横死,亦皆自杀。于是乃知田横兄弟能得士也。"

压 岁 钱

○闭月

哥哥死的时候,刚满八岁。那年年三十的晚上,哥哥跑前跑后地烧水、倒水,伺候全家人洗脚,换袜子、换衣服。望着既勤快又懂事的哥哥,爷爷高兴得合不拢嘴。他一手摸着哥哥的头,一手伸进了衣兜,抠搜了半天才掏出来两块钱说,来,乖孙子,过年了,给你两块压岁钱,今天晚上先放在兜里,明天你喜欢啥就买啥吧。

那年月,两块钱对我们这些贫苦家庭的孩子来说,已经是天文数字了。

谢谢爷爷,爷爷过年好。

哥哥惊喜地接过钱,急忙给爷爷磕头拜年。然后又小心翼翼地打开那张皱巴巴的钱,咧开嘴,露出两颗虎牙开心地笑了,笑得是那么灿烂,那个夜晚因有了他的笑容,而变得异常幸福温暖。

怕我眼馋,哥哥就哄我说,小霞,这两块钱,你一块,我一块,赶明儿个,哥哥上街给你买糖人好吗? 其实,那时的我,对钱根本就没有概念,更不明白压岁钱是怎么回事,但对那些花花绿绿的糖人却特别感兴趣。于是,我乖乖地点了点头,也和他一起绽开了纯真的笑脸。大年初一的早晨,外面爆竹声声,锣鼓喧天。吃完早饭,哥哥就要和几个小伙伴一起到街上去看秧歌。出于好奇,我也要跟他们一起去,哥哥就哄我说,好妹妹,你别去,街上的人太多,会把你挤丢的,你在家里等着,哥去给你买糖人。

小霞乖,咱不去,今天外面太冷,别冻坏了你。妈妈也在一旁阻止我。无奈,我只好点头应允。见我答应了,哥哥就又露出两颗虎牙,高兴地笑了。然后,便一转身连蹦带跳走了。

让我万万没想到的是,这竟是我最后一次看见哥哥憨憨的笑脸,和那两颗充满童真的虎牙。

那天街上的人很多,哥哥他们跑到大街上的时候,看热闹的人们就早已经把来自各个乡村的秧歌表演队围得水泄不通了。那年月,看秧歌表演就是人们过年时最精彩的娱乐活动了,所以每逢初一十五,除了老弱病残,全镇的百姓几乎都会拥到大街上来看秧歌。

哥哥他们在前呼后拥的人群中使劲地挤着,企图挤到前面,找到一个可以看到秧歌的位置。怕把兜里的压岁钱弄丢了,哥哥就把它偷偷地掏了出来,紧紧地攥在手里。

他就这么一边看秧歌,一边紧紧地攥着那两元钱,手心都攥出了汗。等看完了表演,那张压岁钱已经被他攥湿了。

为了兑现给我许下的诺言,看完秧歌回来的路上,他就四处寻找卖糖人的,想给我买糖人。就在他找了半天也没有找到,正愁回来无法向我交代的时候,忽然看到马路边停着一辆卖糖人的售货车。

找到了,他终于找到了,看见了那些五颜六色的糖人,哥哥仿佛看见了我灿烂的笑脸。于是,他便急忙走过去,惊喜地问,大爷,糖人多少钱一个?

一毛钱一个,你要几个? 随便挑吧。卖糖人的老汉一边忙活着手里的活计一边说道。

我买三个,给您钱。哥哥一边仔细地挑选着那些情态各异的糖人,一边张开手把那张汗渍渍的两元钱递了过去。没想到老汉只顾

着埋头干活,还没有来得及接,那张钱就被忽然掠过的一阵寒风给吹走了。那天的风很大,钱在空中打了几个旋,便落在地上向马路中间滚去。哥哥见此情景,大吃一惊,便不顾一切地撒开腿去追。

可他刚跑几步,就被一辆疾驰而过的拖拉机撞飞了。据说这辆载满锣鼓和彩车的拖拉机,当时是刹车失灵了。哥哥的身体在空中旋转了一个圈,像一只中箭的鸟儿,在一片血雨腥风中坠入尘埃。哥哥趴在血泊中,痛苦地抽搐了几下,很快就停止了呼吸。只有那张还没有被哥哥追到的压岁钱,浸着哥哥的血汗,躺在风中痛楚地战栗……

如今,已经做了一名人民教师的我,在得知班里一些同学寒假期间,经常用自己的压岁钱出入网吧、游戏厅的时候,又不禁想起当年哥哥因为那两元压岁钱而丧生的往事。于是,我决定开学后的第一节课,就给他们讲述这悲惨的故事。

三百六十五个妈妈

○闲月

　　那天黄昏,傅伟明刚把顾客做好的坯子送进窑里,就见一位老大爷推门走了进来。老大爷六十多岁,身材魁梧,穿着朴素,一张阡陌纵横的脸上,写满岁月的沧桑。老大爷一进门,就满眼的惊奇,他东张西望了半天,把那些正在起劲和泥、拉坯、雕刻、上色、打磨等的人们看了一个遍,才大声地说,老板呢? 谁是这儿的老板?

　　我是。老大爷您也想制陶吗? 傅伟明见状,急忙迎上前去。不,不,要玩泥巴,俺就到河套去玩,谁花钱到这里玩……

　　那您是来……傅伟明疑惑不解地问。

　　我是来问你一件事的,刚才是不是从你这儿走了一个背着书包的小孩?

　　小孩? 到我们陶吧来的小孩多了,您说的是哪一个啊?

　　就是坐在这里的那个,大眼睛、尖下巴的孩子。我刚才扒着窗户,看见他就在这里捏泥人。

　　哦,没错,刚才是有一个小孩在这儿捏泥人。他刚走,您现在追他还来得及。傅伟明好心地提醒他。

　　不,我不想追他,我只是想来问问你,他经常到你们陶吧来吗?

　　嗯,我的陶吧刚开业不久,他已经来过三四次了吧。每次来他都给我十元钱，捏一个小时的泥人就走……对了，他还让我把那些泥人都给他存着，说等以后一起烧制呢。

作孽啊，原来这小子天天偷我的钱，是跑到这里玩泥巴。看我回去不揍他！老大爷听了傅伟明的话，气得一跺脚，说。

啊，他偷您的钱——您是他……

他是我孙子，他妈妈得白血病死了，他爸爸忙着挣钱，还给他妈妈治病欠下的债，就让我照顾他。没想到这孩子平时看着挺老实的，竟然为了玩个泥巴，做起小偷小摸的事情了。唉！这样下去，我将来可怎么向他的爸爸和死去的妈妈交代呀?! 老大爷又痛心疾首地说。

老大爷您别急，他偷钱出来玩，是不对。不过孩子还小，不懂事，我们可以慢慢教育他。傅伟明见此情景，急忙开导老人。

嗨！他这么贪玩不学好，我能不急吗?

大爷，我保证，以后再也不让他来玩了。不过，还有一点我没有告诉您，您孙子确实有些艺术天赋。他捏的泥人，真的很生动、很逼真呢，不信我带您看看去。傅伟明说着便把老人拉到一个柜台前，然后用手一指说，喏，这些泥人都是他捏的。

老大爷顺着他的指引望去，惊呆了。他看见陶吧的玻璃柜台里，陈列着许多泥人。这些泥人有刚做的，也有以前做的。尽管它们大小不一，穿着不同，情态各异，却都惟妙惟肖。啊，这不是他妈妈吗？原来他偷钱跑这儿是为了捏他妈啊！唉！这孩子是可怜，这么小就没了妈。老大爷说着说着，眼睛就已经湿润了。

哦，原来是这样啊。我说他每次捏泥人的时候，神情怎么那么专注呢，看来他真是想妈妈了。傅伟明听了忙接过话茬儿说。

真是个傻孩子哟，想妈妈就想妈妈呗，可捏这些泥妈妈有什么用啊？老大爷边望着那些泥人，边不停地絮叨着。

大爷，您不明白，这可能就是他向妈妈表达思念的一种方式吧。

这样吧,您回去先别说他,等他下次再来的时候,我问问他是怎么想的,好吗?

那就劳你费心了。等过些日子我再来,听听他是怎么对你说的。

傅伟明送走了老人以后,望着柜台里的那些泥人,心情格外的沉重。

等那个男孩再来陶吧捏泥人的时候,傅伟明便故意称赞道,小朋友,你的泥人捏得真好真漂亮,能告诉叔叔,你捏的是谁吗?

我捏的是妈妈。我妈妈当然漂亮啦,她是世界上最漂亮的妈妈。

男孩一边神情专注地捏着手里的泥人,一边无限深情地说。

哦,是吗? 那你妈妈在哪儿上班? 傅伟明又试探着问。

我妈妈她……她生病死了,我好想她啊……男孩一边哽咽着,一边用沾满泥巴的手抹了一下自己的脸。

对不起,叔叔不知道。你别哭,叔叔也来帮你捏,好吗?

不,不用! 我的妈妈我自己捏,不许别人捏! 男孩仰着一张小花猫似的小脸,用手护着他面前的那些泥人和泥巴,大声地说。

好好好,叔叔不帮你捏,那你能告诉我,你到底想捏多少个妈妈?

三百六十五个。等我捏够了三百六十五个,我就让叔叔烧制了,然后我好带回家去。以后我每天上学的时候,都带着一个泥妈妈,睡觉的时候也搂着……那样,我就和别的同学一样,天天都有妈妈了。男孩说这话的时候,眼里闪着异样的光芒。

心目中的经理

○闲月

夜,万籁俱寂。房间里,只有孙旺发出那跌宕起伏的鼾声。秋菊睁着眼睛怎么也睡不着。回想着旺发刚才的那一番如饥似渴的激情和缠绵,一丝幸福的笑意渐渐地扯起了她的嘴角,那种久别胜新婚的甜蜜感使她再一次绽开了笑脸⋯⋯

几声鸡叫把酣梦中的秋菊猛然惊醒。她翻身起来,边穿衣服边骂自己该死,怕醒晚了,结果还是晚了。儿子就要考高中了,正是学习紧张的时候,可千万别耽误了他的早饭。于是,她来不及梳洗,胡乱地洗了洗手便直奔厨房⋯⋯

吃早饭的时候,儿子小海看着只顾低头使劲地往嘴里扒饭的旺发说:"爸,我们该升高中了,学校让填表,你的职务怎么填啊?"

孙旺发放下手中的碗筷,望着秋菊和儿子那期待的目光,沉吟片刻,使劲地咽下嘴里的饭,一本正经地说:"咋填?你就填经理吧,你爸我现在是一家食品公司的副经理,再也不是下岗的穷工人了。"

"真的吗?爸,你这么快就找到工作啦?"

"那还有假?是朋友开的公司,让我帮忙经营。爸现在有的是钱,不信你们瞧⋯⋯"

他边说边大步地走到炕边,从昨天晚上穿回来的那件已经洗得

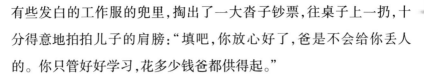

有些发白的工作服的兜里,掏出了一大沓子钞票,往桌子上一扔,十分得意地拍拍儿子的肩膀:"填吧,你放心好了,爸是不会给你丢人的。你只管好好学习,花多少钱爸都供得起。"

"老爸,你真棒!好,那我就这么填了。你们慢慢吃,我上学去了。"

小海惊奇地看着眼前那沓厚厚的钞票,信以为真,就背起书包,吹着口哨高高兴兴地走了。

看着儿子深信不疑的神态,旺发自鸣得意地坐回饭桌前,大口大口地吸溜起碗里的粥。

"好啊,旺发,你明明还在做吹鼓手,为什么要骗儿子?""你懂什么?我这也是为孩子着想。他马上就要上高中了,如今的老师和同学都势利得很。如果让别人知道了他爸爸是吹鼓手,他在学校还能抬起头来吗?"

"哼!你就吹吧,也不怕吹露了馅儿!有本事真当经理。"

"当就当!等以后我攒够了钱,就开公司当经理,你等着瞧。"孙旺发望着老婆那一脸鄙夷的神情很不服气地说。

孙旺发下岗之后,托朋友到处寻找工作,结果四处碰壁。万般无奈,他只好凭着自己从小就会吹唢呐的本领和几个朋友组织了一个鼓乐队,当起了吹鼓手。

"你先别唠叨,快去把我的唢呐给藏好了,千万不要让儿子看见,我休息两天就走。""怎么刚回来,又要走?"秋菊看到旺发鬓角又白了许多的头发,不禁有些心酸。

"孩子现在正是用钱的时候,不吹怎么办?"

八年以后,已经大学毕业在一家银行任职的小海,突然接到了母亲的电话。电话里秋菊吞吞吐吐地说:"小海啊……你……你爸爸病了……家里已经没钱给他看病了,你要是有钱,就寄点回来吧。"

"爸爸病了？前几天我给他打电话他还说身体挺好的呢。问他家里缺不缺钱，他还说不缺，他有的是钱。怎么现在就……"

"那都是你爸在骗你，其实他根本就不是经理，他一直都在给人家做吹鼓手，为了能够让你安心学习，他才一直撒谎。"难怪爸爸总是穿着以前的破厂服，根本不像个经理。小海在心里说。

"你爸爸这些年为了供你上学，从来不舍得抽烟喝酒。实在馋了就喝点勾兑的劣质酒，直到现在他还不让我告诉你……"秋菊说着说着已经泣不成声了。

小海取出所有的积蓄，又向同事借了一些钱，便急匆匆地往家赶，回去后很快把病情严重的旺发送进了医院。

"病人叫什么名字？多大岁数了？什么职务？"

"孙旺发，五十七，经理！"

在医生给病人填写病历问起父亲的职务时，小海望了一眼沉吟不语的母亲，毫不犹豫地报出了这个他心目中父亲的职务。说完鼻子一酸，掉下了眼泪……

乡长的口头禅

○吕斌

乡长李成功进屋,看见我吃苹果,笑眯眯地说,吕秘书你太腐败了吧?

他把我昨天写的一个扶贫总结材料放在桌子上,说:"这个材料写得实在,咋做的就咋说,不添枝加叶,报上去吧。"看着我拿着的苹果,他仍旧笑着说:"我小时候,母亲过年才给孩子们买几个苹果,每次吃都是切开一个苹果,一人一块儿。你一次一个人就吃一个,我看着都不忍心,太敢下口了。"

我舒了一口气,他这个人有个口头禅,开口闭口"我小时候"。我不以为然地说,你小时候是啥日子?现在是啥日子?

他叹口气,望着窗外,告诉我说,他小时候父亲进城打工出意外去世了,母亲有病干不了重活儿,后来长年卧床不起。乡亲们看他家可怜,这个送粮,那个送钱,有的送旧衣物……他念书的钱都是村里乡里救助的,他是乡亲们养大的。他感叹地说:"从那时候起,我就珍惜每一粒粮食,每一分钱,乡亲们的恩情我一辈子都忘不了……人要有感恩的心……"

我终于明白他为什么总那么小气,只有经历过"没有"的日子才会格外珍惜"有"。

他从回忆中回过神来，说："明天去南山村，给两个单身老汉送面粉，你跟我去。"说完出去了。

乡长是本乡本土长大的，农学院毕业，毕业后分配到乡农科站当技术员，后来升了站长。因为他常年身披尘土一身汗水地在各个村跑，和老百姓打成一片，和村干部关系整得杠杠的，去年被选为乡长。

早晨，我跟在乡长身后顺着走廊朝门口走，看见乡长穿的裤子太旧了，屁股上还沾着泥巴，肯定又是下乡帮农民干活儿时留下的。我提醒他说，你的裤子太旧了，裤腿都破了；你屁股上还有泥没擦净。当站长的时候行，当乡长了，得注意形象。

他笑容满面，不以为然地说，乡长又不是多大的官，再说这个乡谁还不认识我？

我们骑着自行车，一人驮着一袋面粉出了乡政府大门。路上碰见人我都不好意思抬头，太掉价了。乡长上任后，下乡就没坐过小汽车，说是骑自行车可以随时跟老百姓接触。

他见我老是看他的裤子，就解释说："我小时候家里穷，买不起新衣裳，总是把别人给的旧衣裳补了又补，我就养成了穿旧衣裳的习惯，一穿新衣裳就不自在。"

他呀，三句话不离小时候。

这一路不断有农民跟他打招呼，到南山村快晌午了，我们把两袋面粉送到两个单身老汉家里，就到了吃晌午饭的时间。

几十里路，赶不上回乡里吃饭了。他带着我到村主任家，村主任惊诧地上来握着乡长的手说："你哪次来也不给个动静，啥时候来的？"乡长说："早晨就到了，晌午饭我在你们家吃了。"

村主任说好哇好哇，这回可不能再吃小米饭葱蘸酱啦。乡长说就小米饭葱蘸酱，上别的我就不吃。村主任看我，我说，乡长小时候吃惯了小米饭葱蘸酱，你就让他吃那个吧。村主任问我，你呢？上两

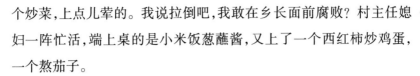

个炒菜,上点儿荤的。我说拉倒吧,我敢在乡长面前腐败?村主任媳妇一阵忙活,端上桌的是小米饭葱蘸酱,又上了一个西红柿炒鸡蛋,一个熬茄子。

乡长大口吃着小米饭葱蘸酱,吃得大汗淋漓,满足地对村主任和他媳妇说:"我小时候家里穷,小米饭都吃不上,更别说葱蘸酱了,吃玉米面掺白菜叶子……"

得,乡长小时候的话题又开始了。

雇人的秘密

○吕斌

举着"家教"牌子的年轻面孔沿着街道排列而去，个个神态焦灼。

我朝队列的排头走去。大个子李骑着自行车从街对面驶过来，笑着跟我打招呼："于经理又招聘人呢？"

我"啊啊"应着。他又问："你们公司不是刚从人才交流中心招聘过吗？"

我随口说："还需要一个特殊人才。"

他友好地笑着，骑着自行车慢悠悠地驶过去了。

我这一次的标准是，女学生，长相漂亮……这很让人产生误会，其实我是为儿子考虑。念六年级的儿子顽皮得很，见到个男孩儿就玩到一起了，这些找家教的大学生和孩子有什么两样呢？女孩子认真，异性的孩子又不容易玩到一起，能让儿子专心学习。

一个一个学生在我面前向后移……这个女学生太瘦小了，这个男学生蓬头垢面，这个女学生太胖了，这个……咦，我眼睛一亮，来到我面前的是一个穿戴干净、长相漂亮的女学生，面皮白净，眼睛又黑又亮，体形丰满又苗条。她好像早就注意我了，认真而探询地看着我，热情地问我："叔叔，你要找个什么科目的家教？"

我犹豫了，儿子哪一科都差，我想先给他补一两科试试，行，再多找两个家教,不行再把他送到一些学校老师暗中开办的补习班。什么学科不重要,重要的是这个家教老师得适合我的儿子。我说:"什么学科的都行!"

她笑了,也许笑我广种薄收式地找家教。

我问:"你一小时收多少钱?"

她说:"十元。"

我说:"别的学生一小时六元,顶大八元。"

她说:"那得看水平高低了,我是英语专业,你问的那些学生他说是英语专业,其实是别的专业。"

我实在是相中她的外表了,就问:"价格能不能低一些?"

她可能看出我有意雇她,就说:"价格不能低了。这样吧,我每次多给你孩子讲半小时,仍是一小时十元,一次两小时二十元。"

我无意间扫了一眼她身边那个男学生。男学生穿得很旧,但干净,个子不高,小眼睛,干瘦,又黑,不好看。我扫他一眼时,他问我:"叔叔,你孩子念几年级?"

我心中一亮,他是第一个问我孩子念几年级的学生,他说话的口气是关心我的孩子。我说:"六年级。"

他又问:"他哪一科学习成绩不好?"

我不自觉地挪过去。我一直想找个人向他详细介绍一下我的孩子,可惜这些学生只关心给多少钱,雇多长时间。我说:"哪一科都不好。"

他又问:"每科考试多少分?"

他已经放下手中"家教"的牌子,全身心关心上我的孩子了。我有些不好意思,孩子学习成绩太差了。我说:"十几分,二十几分。"

他又问:"他长时间这样还是短时间这样?"

我对他产生了亲切感,说:"长时间。"

他跟我商量说:"叔叔,我能不能去试试?"

我没想雇他,我没相中他外表,他这么一问,我竟鬼使神差地动心了。我问:"你试什么?"

他说:"我是数学专业,但别的科初中知识我都会。我想给你孩子先讲讲,看他是否愿意听我讲,是否起作用。如果他不愿意听我讲,那就拉倒;如果他愿意听我讲咱们再说报酬。"

我豁然开朗,我要雇的就是这样的人——先说怎么教好学生,后说报酬。我抑制住心中的兴奋,故意冷冷地说:"行吧!"

我领着他走。那个女学生高声说:"你不找英语家教了?"

我没理那个女学生。我们边走我边问男学生:"你和那女学生是同届的?"

他说:"我不认识她。我们这些暑假出来打工的学生不是一个大学的。"

我又问:"你从小就学习好吗?"

他低着头说:"不是。我因为学习不好,父亲还打骂过我呢!"

我不敢再问了。

我把男学生领回家,让他和儿子上一个屋随便交谈。我在另一个屋待着。过了两个小时,男学生出来了,脸上洋溢着兴奋,对我说:"叔叔,行了,我想长期教他,不知道你愿意雇我吗?"

我看看儿子,那得儿子有听他讲课的兴趣。儿子渴望地看着我,他从来没有这样望过我,这证明他盼望我雇下这个家教老师。一向反感学习的儿子怎么就让他说服了呢?

我说:"我愿意雇你,报酬……"

男学生说:"别提报酬,等他成绩提高了再说,你给多少我要多少。如果他成绩没有提高,我不要报酬,我只是锻炼一下自己。说实话,来的路上我怀疑这孩子智力差或管不了,那样给我多少钱我也不教。都不是,是你经常打骂他,说他笨……"

我心一揪,辩解说:"我这工作太忙了。"

他说:"你以后别管他了,交给我吧,我这个星期六就来给他上课。"

他说着转身往外走,我看见他热泪盈眶。他为什么那么为我儿子感动呢?

精明人遇上厚道人

○吕斌

百万之财唾手可得，太突然了，真是不可思议，太不可思议了。用目瞪口呆形容王宝玉此刻的心情，一点儿不为过。

王宝玉坐在炕上，劳累后的松懈让他有种要散架的感觉。他看看站在屋子中央的汉子，五十岁左右，紫红色的粗糙的脸，矮小、干瘦的身材；肥大的褂子披在身上，像披着一条麻袋；裤子松垮，皮鞋裂着口子，盖着厚厚的灰尘。汉子正专注地看着他。

王宝玉扫汉子一眼，汉子的目光似是探询，意思你是干什么的，怎么闯到我家里来了？王宝玉吧嗒着嘴唇，对汉子说，我想找点水喝。

汉子转身去外屋。他在碗架子里拿出一个碗，在水缸里舀了一碗水，双手端着进屋，递给王宝玉，王宝玉接过水碗，问汉子，你叫啥？

汉子说，叫李有财。王宝玉心里想，李有财应该有钱怎么这么穷呢？刚想喝水，他的眼睛瞪圆了。他吃惊地看着手中的碗，白色铺地细如玉质，蓝花栩栩如开放，这可不是一只普通的碗。他的心脏微微紧跳几下。

王宝玉见李有财认真地看着他，双手端碗送到嘴边，一饮而尽，他太渴了。他摆弄着碗细细地端详，这是一只红山古玉碗，价值百万，怎么会在这个农民的家里呢？

汉子探询地问,还喝吗? 欲上前来接碗。

王宝玉回过神来,抬头对汉子说,不了,谢了——你这碗是在哪儿买的?

汉子有点不好意思,说,哪是买的,前几年盖这房子时,挖地基时挖出来的。王宝玉就试探地问,这碗也太旧了,咋不换个新碗? 李有财搓着手,腼腆地说,就是吃个饭,啥碗不一样吃,犯不上换新的。

王宝玉心又跳了几下,他感觉要说出的话让他紧张,更怕这个农民看破他的心思,但诱惑面前,他不能错过机会。他鼓足勇气说,你把碗卖给我吧,我再来时给你带几个新碗。

李有财脸色微红,憨笑着,眯着眼睛看着王宝玉,王宝玉从来没有见过这种笑,他觉得李有财的笑有些神秘,有些嘲讽,还有一种无法形容的含义。被人看破心机很是难堪,他后悔说只给人家带几个新碗,应该开出个大价钱!

李有财卑微地前倾着身子说,一个旧碗跟你要啥钱……

王宝玉吃惊地问,你把这碗送给我了? 他的心在咚咚咚地狂跳,像擂鼓。

李有财沉稳地说,送给你我用啥吃饭呀!

王宝玉的心在往下沉,这家伙说话怎么曲里拐弯的,送给我是没东西吃饭了,那你是什么意思呢? 他告诫自己,天上不会掉馅儿饼,这家伙肯定有更诡秘的盘算,他的脑子渐渐成为空白。

李有财说,要是你下回来,给我带几个新碗,换走我这个碗就行。

晴天霹雳,王宝玉吃惊地看着李有财,问:你说的真的假的?

李有财依然腼腆地说,真的倒是真的,只是……一个旧碗换你几个新碗,让你吃亏了,你要是不愿意就不换。

王宝玉控制着自己内心的狂喜,大度地说,吃亏就吃点亏吧,你不是还给我水喝了吗?

李有财不以为然地说,水不值钱。

王宝玉明白,夜长梦多,最好是现在就把东西拿走;但他更明白,他拿走了碗李有财就没东西吃饭,不会同意他拿走。更重要的是,他越是急于拿走,李有财越起疑心,欲速则不达。他说这碗对于我没啥用,你这日子挺困难的,连个新碗都舍不得用,我给你买几个碗吧。这旧碗我拿回去也是砸碎了抹窗台,碗上有白地和蓝花,抹完窗台一打磨,好看,就像城里的水磨石地面那样……你见过水磨石地面吗?

王宝玉把碗给李有财,说你把这碗放好,过两天我拿着新碗来换,就两天,记住了吗?

李有财挺高兴,这么破的碗能换好些新碗,赚大发了。他诚心诚意地说,记住了。

两天后,王宝玉拎着一个提包,里面装着十几个新碗,走进李有财的院子,见李有财正蹲在屋门口,汗水淋漓地在铺在地上的一张塑料布上砸什么。见王宝玉进来,李有财站起身来满面笑容地讨好同时也是表功地对王宝玉说,我算计着你今天就得来,我看出你是个实诚人,我用旧碗换你的新碗,你吃了亏,我哪能赚你便宜,我就帮帮你,把碗砸碎了,也省得你回家再砸了。

回　家

○白云朵

母亲的视力,是从冬天开始越发模糊起来的。

母亲从岗位上退下来有一年多了,退休之前是乡里的妇女干部。从某种意义上来说,母亲视力的模糊程度与她退休的日子一起递增。在这个过程中父亲的作用是不可低估的。

父亲是一个嘴闲不住的人,十年前他的单位解散,回家后就没见他的嘴闲下来过。我和妻厌烦了父亲的唾沫星子,带着女儿搬到外面去住了。

母亲说她看不清电视上的人像时,我就劝她不要老是坐着看电视。母亲很委屈,说她没有常常看电视。

母亲再一次打电话过来时,停顿了好一会儿才把话筒递给父亲,我感到事情的严重性了。

父亲说:"你娘脑袋里生了一个瘤。"

我愣了一愣,问:"怎么知道是一个瘤?"

"医生给拍了脑 CT。"父亲说,"现在怎么办?"

我吼了起来:"什么怎么办,你说怎么办?"父亲说医生让开刀动手术。我说那就开刀呀!

瘤的位置很棘手,当地的医院不敢摘,怕摘不干净。我问医生手术成功的把握有多大,医生说百分之五十或者更多。

我们都把手术定在中山医院,这是全国最好的一家肿瘤医院,但人满为患,要排上几个月。母亲仿佛第二天就要瞎眼似的,吵着说排不上那就换一家。母亲说,再过两个月孙女小云的幼儿园就要放暑假了。

母亲又对我说:"早些年,要不是看你还小,那会儿就不想跟你父亲过下去了。好不容易看到你大了,有了孩子,所有的苦也不再计较了。"

其实父亲也不是什么坏人。父亲那辈,能读到高中且写得一手好字的人应该是很少的,这样的人不当官不被社会所认可是讲不过去的。但父亲一不当官二不被社会所认可。父亲爱上了喝酒和骂娘。骂了几十年,骂到最后还是要下岗。

父亲似乎也意识到母亲的瘤不好应付。自从得知母亲得了脑瘤后,父亲对母亲的态度有了一百八十度的转变。

母亲住院的事都是父亲张罗的。母亲在华山医院住了下来。虽然华山医院不是肿瘤专科医院,但有床位。我们与医院达成了协议,由中山医院的医生走穴来主刀。我们拗不过母亲。母亲哭哭啼啼的,一刻也不愿这瘤在身上存留下去了。

医生说母亲的手术只消四个小时,但我们足足等了十个小时。在我们等候的时候,先是太阳偷偷躲了起来,接着是月亮像一个怕承担责任的肇事者似的失踪了。

十个小时后父亲被医生叫去。

回来后,父亲对我说,你娘被直接送到楼上的特护室去了,你娘的一根神经受伤了。

我问:"医生怎么说?"

父亲说脑子里面每一根神经都有用处,少了一根都能要人性命。

我说我只想知道我娘现在怎么样了。

父亲说一个星期后你娘能醒来就醒来,不醒来就醒不来了,也就是说……死了。

第三天,父亲叹着气说不如撤了插在你娘身上的那些管子吧,你娘是挺不过来了,就算能挺过来也是一个废人。

我冲到父亲跟前,可劲地推了他一把,我说:"你敢!"

父亲被我推得一屁股跌坐在地上。坐在地上的父亲掩面而泣:"你娘真瘫了,你愿意伺候她吗? 就算你愿意伺候,你能整天陪着她吗? 就算你能整天陪着,你娘愿意吗?"

"我不会同意!"我咬牙切齿地说。

妻也哭着说:"就算娘是一个废人了,我们也要,只要她能活着坐在自家门口,管她瘫不瘫,都是我们的娘。"

但我们带回家的不是一个活娘了。一个星期后我们无奈地拔了那些管子。

父亲说要告医院,这是医疗事故,要申请医疗事故赔偿。我说能告回我娘的命你就去告。娘要是回不了家我跟你没完。

为了让母亲回得了家,我们是把母亲偷出去的。我们笑着给医院看门的又是递烟又是打火的,我们打开车门让看门的看见母亲安详地躺着输液的情景。

一路上我不住地轻抚母亲的脸。我说娘我带你回家了。父亲一言不发。妻的脸背着我,肩头不住地耸动。我拍了拍妻说:"不要哭,要不然娘到不了家的。"

我们的车疾驶在回家的路上。乡村正沐浴在静悄悄的黎明中。那个时候凌霄怒放,桃花灿烂。

太阳升起时我们才打开院门,才放出嘹亮的哭声,我们的泪才决堤而出。

东河的阿婆是这个村子里最后一个看到过母亲的人。阿婆说母亲那天是骑着自行车到车站去的,经过她家时,下车一再地交代阿婆,让阿婆隔上一个星期给她的田里撒一垄玉米种。母亲说她孙女和媳妇儿最爱吃玉米棒了,这样她们每个星期回来都能吃上玉米棒了。阿婆还说清明里出门本来就不吉利,当时就劝过她的,可她听不进去。她说孙女放暑假时她就可以看好眼睛带孩子了。

父亲年轻时

○白云朵

姐说你快回来一趟。我说怎么了。姐说你回来就知道了。我说到底怎么了。姐说阿爸被弟弟打了。

从小到大，我从没看到阿爸被人欺侮过，谁敢欺侮我阿爸呢？阿爸年轻时当过村主任，弟弟怎么可以打一个当过村主任的阿爸？越想越来气，我催着司机快点。

车子快到场角时，阿爸正好从茶堂子里出来，佝偻着身子，捧着个茶缸，人凭空缩了一缩。阿爸胡子拉碴的，额角涂了一大块紫药水，衬衫领子歪歪斜斜里不里外不外地摊开着。哎，阿爸老了，真老了，一个不留心就老了，老得一点都不像当过村主任了。阿爸的身子往后退着。我没有惊动他。

家是再熟悉不过的，我比阿爸先一步进了家。急吼吼地赶回家。真到家了，竟自怯了起来，我不知我到底要做什么。

阿爸推门进来了。

"阿爸。"

"嗯。"

"妈呢？"

"田头。"

"弟弟呢?"

"不晓得。"

阿爸拖了只小板凳坐了下来,顺手拿起旁边篮里头几根小鱼网理了起来。我没有问及他额上的紫药水是怎么回事。我知道我不问他他是不会告诉我的,我也知道就算是我问了,他同样也不会告诉我。"阿爸,裤子拉链没拉上。"阿爸下意识地拉拉链。"阿爸,怎么袜子也不穿一双。"阿爸不再吭声,低头继续理小鱼网。

我也搬了一只小矮凳在阿爸对面坐下。突然,我感到阿爸对我来说很陌生,真的很陌生。除了知道他当过村主任外,我真不知他还有其他的故事。而我也知道,我阿爸怎么可能没有其他的故事呢?

是的,怎么可能没有。比如,类似我阿爸有没有过女人这样的故事。这么想时,我隐隐感觉到,我阿爸该有过女人的,我指的是除我妈以外的女人。

我把这个故事的背景放在阿爸当村主任那会儿,也唯有阿爸当村主任那会儿他才可能有过别的女人。当村主任时的阿爸头发梳得光光的,皮鞋擦得锃亮,一把小骨梳天天放在左胸口袋里,隔会儿梳一梳,隔会儿梳一梳,三分之一梳到左边,三分之二靠向右边。那样一个阿爸没女人喜欢的话是很说不过去的。

阿爸有女人的说法是由小伯父的老婆、二妈跟一帮子长舌妇一起最先传开的。我就亲耳听到过。她们在背地里说我阿爸把团支书秀琴姑娘的肚子搞大了。叽叽喳喳的,说得有鼻子有眼。我很生气。我恨不得叫大伯拿杆猎枪把她们一个个给崩了。阿爸在我眼里是英雄,怎么会把秀琴姑娘的肚子弄大呢? 那可是作风问题,弄不好是要坐牢掉脑袋的。

后来,秀琴姑娘嫁到城里去了,嫁给了一个在城里开洒水车的老头。后来,二妈们的长舌头也渐渐地不长了。再后来,阿爸到底没有坐牢,阿爸还是原来的阿爸。

那件事原该在我的记忆里不会有任何余波了。那时我那么小。我是在事隔几年后,在我稍微对男女之事有所敏感起来后才真正明白的。

阿爸有一个工具箱,那个工具箱里面有他做村主任时的一些东西,尽是一些皱巴巴的纸和本本。我妈是不会看的。按我阿爸的说法,我妈是一根扁担落在地上都不知是啥字的一个农村妇女,就是叫她看她也看不出名堂来。那个柜子安然无恙地放了好几年,直到有一天我能看懂父亲柜子里的东西为止。

我记不得是哪一天,反正有那么一天,阳光好不好也记不得了,我只记得那一天我看到了阿爸的秘密。所有的秘密都在一张很秀美很健康的女人的照片上。那个女人穿着绿军装,挎着黄背包,脸颊泛红,英姿飒爽。那个女人就是秀琴。

那时候我也有了二妈们见了雷就是雨的那种联想了。我自然而然地想起,在几年前的一个夜晚,在那个父亲被二妈们传说搞大秀琴姑娘肚子的某一个夜晚,年轻的母亲拖着幼年的我,深一脚浅一脚地摸黑往秀琴家里去,手里提着一包红糖、一包鸡蛋糕、一罐蜜橘糖水。这些东西我知道是看病人的。确切地说是看躺在床上的秀琴姑娘的。两个女人说了什么我不知道。我真不知道。但肯定是说了什么的。因为我看到母亲跪在秀琴姑娘床跟前,还拖着我让我也跟她一起跪,我没跪。

父亲到底有没有过女人呢?我看着对面这个正在理小鱼网的老男人,试图从他身上能看出点什么来。

正当我想得出神时,母亲回来了。母亲在门外嚷嚷着,奎——奎——,奎是我父亲的名字。听到母亲的声音,我赶紧跑出门。我帮着母亲把装满菜的箩筐往台阶上抬,又用衣袖为她擦拭着额头的汗水。

"妈,这一筐子菜也值不了几个钱,咱家又不缺钱花,你就不能闲下来享享清福吗?偏要把自己的身子骨累趴了才甘心?!"

母亲叹了一口气说:"你弟弟那样子我闲不下来啊。电费水费他都不管,但他还是缺钱。这孩子不心疼钱,把钱净往城里的洗头店里送,说又说不得。"这时候阿爸打里面出来,因为刚刚欠身起来,身子弯着,一下子还直不起来。母亲用嘴往阿爸额头上努了努。那个意思我是明白的。

母亲看到父亲下台阶说:"奎啊,你不去看看吗?秀琴娘俩搬回来有一阵了,她们的日子不好过,听说她家孩子出事了,那孩子做活的那家洗头店让派出所查办了,秀琴正四处托人呢。"

我看到父亲的身子骨更是缩了一缩,连同缩进去的还有父亲的眼神。那双眼睛,已经让岁月凭空掏去了当年当村主任那会儿的意气风发。父亲下最后一级台阶时脚脖子崴了一下。那样子就像一支残烛只消一阵风就可以把那一点点微弱的光给吹灭似的。

看着父亲,我心里涌起一股子酸楚。

这个男人

○白云朵

审计工作刚毕,老总又给我派任务了:"许,那个养老院的可行性报告抓紧赶出来!"我能说不吗?

从公司资料室出来时,我把气出在这一本厚厚的有着精美插图的资料书上,做摔书状,边走边自言自语:"整天把人支来支去的,这日子没法过下去了!"

曹从过道里迎面过来,撞见了我说:"亲爱的,你在嘀咕什么?"

曹是人事部经理,是个年近五十但总跟谭咏麟一样说自己永远是二十五的男人。他这个人的嗜好就是爱揩油。他会突然在女孩子的脸上、胳膊上、屁股上偷偷摸上一把。似乎这样做,他立马能长出肉来,可也不见他长什么肉,还是瘦精精的。

我被曹一吓,下意识地就看到了曹那对让人起腻的眼睛。有同事跟我打趣说曹是个骚包,我当时就极赞同,我一个劲儿地说:"是哩,是哩。"

我用同样起腻的眼睛看着他,说:"哎呀,曹,你眼角有眼屎。"曹当真去揉他的眼睛。这时,我高跟鞋的"咚咚"声早响在他的身后了。我不无快意地掩书而笑。

坐到位置上,我翻起了手中的资料书。

这是本有关日本如何办养老机构的配有图片的资料书，画页上净是些老态龙钟、目光呆滞的老人。我突然把图片里的每个老男人都想成是曹。看见那个有扶手的坐便器，我就幻想着曹颤颤巍巍地跨上去的样子；看见工作人员给老人洗澡，我就想象成曹木然地张开双臂任由工作人员摆来摆去；看到老人们像小朋友一样围坐在矮桌前，每人跟前只有一个小碗时，我就不无开心地说："吃呀吃呀，你再大口大口地吃肉给我看呀。"

整个上午我一直沉浸在把曹丑化的快感中，并时不时地在心里说："曹啊曹，我看你老成这样子了，还拿什么力气去拧女孩子的脸蛋儿和屁股蛋儿，我看你怎么永远二十五。"我一脸坏笑。

正当我笑得诡异时，电话铃响了。巴士公司的电话。

听了好一会儿才听明白电话是打给曹的，打电话的是巴士公司的女售票员，搞不懂怎么会转到总经理办公室来了。

女售票员一听我是总经理助理，近乎哀求地要我向曹求情，求曹放过她。她说她知错了。她东一舌头西一舌头，弄得我一头雾水。但我还是答应了她，我最见不得别人哭。

去曹的办公室时，曹正好在大发议论。

原来，早上坐公交车时，售票员要多收曹五毛钱，曹袖子一撸说："我一向付两块五的，怎么到你手里要三块了？"售票员白了曹一眼说："你天天逃了五角钱的票，还好意思讲出来，亏你还算是个男人。"曹最忌讳别人说他不是男人。"我咋不算男人了，要不让你看看。"曹当下就要解皮带，气得售票员连骂了曹三声"老流氓"。车子上的乘客都齐刷刷地盯着曹看。"看什么看！"曹又是吹胡子又是瞪眼睛的。

曹下了车还不解气，重新跨上车，拍了拍售票员的票盒子说："等着，我叫你哭。"

曹这人，岂是那售票员可以惹的。他别的能耐没，就是能弄事。

这几年的人事干部不是白当的。

我跟曹说:"曹,算了,得饶人处且饶人。"

曹差点没跳起来:"怎么就算了?怎么就算了?你没看到她当着那么多人说我不是男人。啊,我不是男人吗?"

我说:"要不,你捏捏我手臂,你捏一捏我,就知道你是不是男人了。"说罢我把自己的手臂伸过去。

曹当真在我手臂上捏了一把,还得意地拧了一下,疼得我嘴咧到耳朵根。

我说:"消气了吧。那女的也可怜,孩子还在念小学,老公又下岗了,你就高抬贵手放过她算了。"

经我这么一说,曹口气便软了下来,说:"我主要是咽不下这口气。算了算了,不跟这女人一般见识了。"

其实曹很多时候不怎么讨人厌的。

我说:"这才是曹,待会儿我给你大碗肉吃,我让你坐到大桌子旁吃。不,你比谭咏麟还要年轻。"

曹挠着头皮看着我:"你说的,我怎么一句也听不明白。"

我咯咯咯地笑着跑开了。

过后不久,巴士公司的女售票员再次打来电话,千谢万谢。

事情是解决了,但整个下午曹的嘴巴却一刻未消停下来。

这不,又来了。

还没推开玻璃门,我就已看到他的嘴在玻璃门外一张一合,像金鱼的嘴一样。他肯定在唱歌,因为他爱唱歌,过道里碰头他在唱,上休息室喝茶他在唱,有时在女洗手间也能听到他在隔壁唱。

我在心里感叹:哎,这个男人。

捉蟹王教招

○曹宁元

　　林碧是海岛上的捉螃蟹高手，人称"捉蟹王"，方圆百里赫赫有名。儿时，父亲渴望我日后有口饭吃，就硬拉着一脸窘迫的我到"捉蟹王"处拜师学艺。

　　林碧同父亲是老朋友，不好推辞。我趿拉着一双露趾的旧塑料鞋跟随父亲踏入堂屋，在一幅"心诚则灵"的标语下，像玩家家一样跪拜了坐姿端正的师傅林碧。

　　礼毕，林碧当着我的面一本正经地对父亲说："一天一招，一招一千。"

　　妈呀，这么贵？我吓得哆嗦，怔怔地望着父亲那张写满沧桑的胡子拉碴的脸。

　　"行！"父亲默然一笑，不假思索地爽朗应答，干脆得让人无法相信。那时，我家很穷，几乎寅吃卯粮。

　　而后，林碧双眼炯炯地盯着我，冷冷地说："诀窍不得外传。"话语中带有一股盛气凌人的派头。

　　我嗯了一声，满腹疑惑。

　　这里，泥土中、海滩上的螃蟹品种很多，有沙蟹、光溜蟹、拜元蟹、花蛤蟹……五花八门，各色各样。太阳一照，地面升温，这些蟹宛如得到"命令"似的纷纷从泥洞里爬出来了,边暖洋洋地晒着太阳,边自由自在地吐泡泡,尽情玩耍。别看它们个头小,可精灵着呢,始终挨在各自的家洞旁边转悠,有的干脆寸步不离地待在洞口,一有风吹草动,便倏地钻入洞内。显然,要丰产必须掌握捉蟹的技术。

偌大的成本刺得我的心隐隐作痛,得珍惜时间啊!

头一天我起得很早,没忘带上笔和本子,心想一定要把一千元的技术学到手。

可令人想不到的是,林碧早给我准备了一把铁锹和一只小木桶,非让我独自去月弯沙滩挖蟹,还说沙滩蟹个头小,挖一碗即可回来,省力。

匆匆赶到沙滩,左看右瞧蟹洞确实很多,我立马捋起袖子放开手脚顺洞猛挖,可一使劲,沙泥便滚动下来,就找不到洞了,找不到洞就捉不到蟹。我心一急,只能像推土机那样盲目乱挖,结果忙了半天才挖出三只,且挥汗如雨,精疲力竭。

晌午,林碧悄然来到我的身边,他二话没说身体力行教我一招。一旦发现海滩上有蟹洞之后,就可用双手捧一些沙滩上方表层干燥的白色状沙子,一鼓作气地灌入蟹洞之中,待灌满后,就抓紧时间迅速开挖。由于刚刚灌入洞中的干沙子与洞中周围的潮湿泥沙颜色不相同,当你一直跟随干沙挖到洞底时,惊慌失措的小家伙便自然暴露在你的眼皮底下了⋯⋯

林碧坚持一天一招,别出心裁。翌日教的是诱蟹。自己制作一些"大入口小出口"的捕蟹笼子,笼内放点死鱼、烂虾之类作诱饵。待潮水涨时,就见机将蟹笼投放在螃蟹活动频繁的海岸边的海水中,诱蟹入笼。随后拭目以待,俟机捕捉⋯⋯

第三日是雨天,教的是照蟹。一场大雨之后,闷热的黑夜伸手不见五指,这是采用集束灯光照着捉螃蟹的最佳时机。遇上这样的天

气,蟹总是习惯性地不知不觉爬出来。这时,当你争分夺秒用手电筒或其他集束灯光突然照射时,防不胜防的蟹就会像盲人一样,因找不到回归的路线和洞穴而被逮着……

第四日教的是闷蟹。又大又肥的黄蛤蟹貌如青蟹,白天总是蜷缩着深藏在泥洞里,一般到夜间方才悄悄地爬出来觅食,沙滩或泥地里便留下了其爬行的足迹。根据它的足迹,就能很快找到它的洞穴,找到后即可采用稻草或塑料布裹泥土的办法,将蟹洞的几个出口统统严密封住。翌晨,当你兴致勃勃再次来到现场清除自己堵洞的草泥时,蓦然发现洞口竟有一只被闷得不死不活的大螃蟹。这多么令人惊喜啊!

之后,林碧又教了钓蟹、牵蟹、摸蟹、拉蟹等数招,快马加鞭,折腾得我腰酸背疼,我真想溜之大吉。

不过,林碧虽没将捉蟹招数和盘托出,但我已踌躇满志。我担忧的是钱的支付问题。于是,我随机应变,毅然决然告别了捉蟹师傅——林碧。

事后,父亲含着笑对我说,林碧根本没有收咱一分钱,当面讲价是刻意促使你能好好学习而已。我豁然明白这一密招的深刻含义,一丝敬意油然而生。

特殊职业

○曹宁元

深秋的夜有点儿长。

嘭！阿海将一箩鱼和蟹重重地撂在门口，门"吱嘎"一声响后他进了屋，而后"哗啦啦"一阵冲洗。

"顺吗？"躺在床上的妻子看了一下表，温婉地问。

"嗯！顺。"阿海用毛巾擦着挂在身上的水珠。

凌晨五点啦，窗外依然黑乎乎的。从头一声"吱嘎"到后一声"吱嘎"，今夜阿海足足出去了三个小时哩。

每逢阿海去割叶子，妻子总是为他提心吊胆，甚至无法入睡。

今天是阿海爹的祭日。阿海爹就是在割叶子时不慎出事的。妻子要趁早到集市上先卖掉鱼，然后买些菜回家给公公做一顿斋饭。她一骨碌起了床，迅速梳理好头发。

这箩水产是阿海割叶子的报酬。你瞧，少说也有七十斤新鲜的大带鱼，还有不少螃蟹，嘴不停地吐着泡泡儿。这些鱼蟹，在市场上起码能卖上六百元。渔民的规矩，在渔场请人割叶子从不付钱，只送水产，多多少少，阿海从不计较。

割叶子的报酬惹人眼馋吧，可毕竟是高风险的活儿啊，只有在特定的地域，具有特殊本领的人，才能适应这项工作。从事这种行当的非能在大海的波涛里穿梭的能人莫属。

　　阿海的家在位于洋鞍渔场的柴岛。岛上居住着三十余户人家，参差不齐的房屋依崖而建。在空中鸟瞰，柴岛犹如一片叶子漂浮在东海的万顷碧波上。别看这里远离大陆，可得天独厚的自然环境和无穷无尽的海洋资源给渔家人带来了无限的欢乐和憧憬。阿海从小就和同伴们在海里的奇特礁屿岩底采淡菜，练就了一副水下劳作的好本领。他的水性极好，一口气可以在深水下待十分钟，最长可达十五分钟。初中毕业后，阿海就跟随爹闯海捕鱼，在风浪中经受了百般磨炼。

　　每逢鱼汛，总有数千条渔船在柴岛附近的洋面穿梭，渔网宛如雪片一样撒下大海。在昼夜不息地捕捞争抢水产品时，渔船经常发生螺旋桨不慎被渔网缠住的事故。这时，急需水性极好的人员潜入海中，快速把缠住螺旋桨的渔网割掉，渔船才能恢复正常行驶；不然，失去动力的渔船只能随波逐流，像病汉一样无力地在茫茫大海中漂荡，随时随地有触礁或被惊涛骇浪吞没的危险。也不知从啥时起，渔民就把这个行当俗称为割叶子。

　　阿海的爹原来也会割叶子，谁知十三年前，也就是他五十三岁那年的冬季，他帮助福建一条渔船割叶子，当他第三次潜入海中后，再也没有上来。因找不到爹的遗体，悲痛万分的阿海只能遵照当地风俗习惯，哭着用稻草人代替了爹的遗体，埋葬在离家不远的山坡上。依偎在爹的墓旁，阿海思忖良久，凄然对天发誓，自己今生今世永远不去割叶子。

　　可是一次偶然的巧合，阿海却又毅然决然去割叶子了。

　　那是初冬的一天上午，海面上弥漫着絮一样的薄雾，阿海和新婚不久的妻子跨岛去亲戚家喝喜酒。为安全起见，渡船傍山慢速行驶。离岛半小时后，渡船突然失去了动力，顿时在湛蓝的洋面上左右摇摆不停。渡船失去控制，船员一时手足无措，乘客忧心忡忡。经检查，原来是渡船的螺旋桨被一张废弃的塑料渔网紧紧裹住了。这可咋办呢？船上人声嘈杂，船员神色凝重起来，船长哭丧着脸，一面安慰乘客，一面拨手机向海事部门报告。

此刻，生性耿直秀里含刚的阿海陡然蹙了眉头。如果海事部门派船将渡船拖到海岸处置，来回最快也需个把小时。不就是割叶子嘛，在紧要关头，俺可不能无动于衷啊！阿海拿定主意后，不顾妻子的担忧和阻拦，疾步上前："让俺来试试吧！"霎时，乘客的目光齐刷刷地投向了他，船长感动得热泪盈眶，船员立马拿来一把备用的崭新割刀和一瓶烧酒。阿海不假思索，接过酒"咕咚、咕咚"喝了两口，霍然提刀，顶着透心的刺骨寒冷，快速脱掉衣服扔给妻子，转身"扑通"一声扎进波光粼粼的海水里，瞬间，飞溅起一片美丽的浪花。一分钟、两分钟、三分钟……船上所有人都屏住了呼吸。时间已经过了八分钟，咦，咋不见阿海出来呀？大伙儿本来悬着的心，一下子提到了嗓子眼。又过了大约三分钟，不知是何方神灵庇护，蓦然间，阿海"嗖"地从海里蹿了出来，只见他"呼哧呼哧"直喘粗气，随手抹了一把脸，而后自豪地跷起大拇指，默然一笑。成功啦！成功啦！船员和乘客情不自禁地欢呼起来。阿海足足在水中坚持了十一分钟！

此刻，海面迷雾已散，清冽的空气里夹着丝丝咸腥的味道。渡船乘风破浪继续行驶。船长一脸的欣喜，急忙拿出二百元钱恳求阿海收下，可被他婉言谢绝。船长当场宣布：今后阿海坐渡船一律免费。众人拍手称好。

这事传开后，阿海先后多次接到割叶子的求助电话。这一阵子，他犹豫着，彷徨着……"你不像你爹那样勇敢！"电话里老渔民的这句话像重锤一样敲击着他的心。难道自己不食人间烟火？难道自己脑子真的是一根筋？渔民的心是相通的啊！大家都是兄弟嘛，理应有难同当，岂能回绝？情随事迁，终于，阿海买了一条小机帆船和专用割刀等工具，从容不迫地干上了割叶子这个特殊职业。

野 生 鸡

○曹宁元

　　走过一条弯弯的山路,跨过一道深深的山沟,前面光秃秃的山坡下,孤立的两间低矮的破瓦房就是贫困户曹云花的家。曹云花是柴畚村新产生的贫困户。两年前的一天晚上,好酒的曹云花丈夫悄悄地爬上后山捕捉野鸡,不慎一脚踏空,人像一块石头"砰"地坠落悬崖。撑家的栋梁断了,没了经济来源,曹云花和她正在读小学的女儿生活困难,靠自己种一点、村民送一点、村里补一点,艰难度日。

　　供血不如造血。在帮助曹云花脱贫的问题上,来自县农林局的"暖促"指导员刘成可没少操心。

　　"嘟咕——嘟咕——"山野传来布谷鸟的鸣叫。这天上午,刘成和村支书登门走访曹云花家,见屋里没人,俩人便坐在门口的一条长石凳上,边等边谈工作。忽然,不远处的茅草丛中传来阵阵的响动,刘成连忙拿起一根木棍悄悄靠近,随着一声"咯咯咯",茅草丛中蹿出一只野鸡,在空中扑腾乱飞,惊悸声声。

　　"养鸡!"刘成心头一亮,脱口而出。

　　"好主意。"村支书跟着说,这偌大的山坡完全可以让曹云花养鸡嘛!

　　时隔半月,山坡上圈建了一道很长的围栏,是"暖促"工作组和村干部用木桩、竹片和渔网做的。坡下沿的一块平地上搭起了一间鸡棚,五十只优良品种的鸡崽是刘成亲自运送来的。头一次养,曹云花很小心,不敢养多。

这些鸡慢慢长大,在山间到处乱跑。杂草中有吃不尽的虫子,不足八个月,每只鸡都有五斤多重了,属地道的野生鸡。可惜的是,先后意外损失了七只。长大的四十多只鸡,曹云花一只也舍不得卖掉,除留一只过年外,分别赠送给了昔日帮助过她家的好心人。

翌年初,刘成要回局里工作。临走前,他又主动帮曹云花落实了八十只小鸡。告别那天,曹云花眼里噙着泪水,一直挥着手追到村西口。

春暖花开,曹云花把小鸡当成孩子似的精心饲养,小鸡长势喜人。

一天,一位远方的朋友来拜访刘成时,顺便在马路边的流动小摊上买了两只大公鸡当礼物。恰好这时,局里也发了两只"福利鸡"。刘成住在六楼,不便养鸡,一时又难以吃掉。咋办呢?蓦地,一个激灵,他把四只活鸡装在纸箱内,驱车前往柴岙村。

刘成的突然到来,令曹云花很惊讶。刘成说,这四只鸡暂时放在你这里野化野化,行吗?嗯。曹云花微微一笑,接过箱子,喜出望外地将鸡混在一块饲养。

刘成走后,曹云花马上给鸡添食,生怕刚送来的鸡饿着。

第二天清晨,曹云花觉得鸡棚里静悄悄的,很不对劲,慌忙疾步察看。哎呀,眼前的一幕使她惊呆了,鸡棚内横七竖八满地是死鸡。天哪,这批鸡一夜之间全死光啦!她欲哭无泪,紧急呈报,全村轰动。

县职能部门非常重视,工作人员火速赶到现场,立即开展取样调查。少顷,刘成也赶来了。化验结果显示:不是禽流感,也不是人为投毒,而是一种传染性特快的鸡瘟疫。病菌是从外界带入的。

曹云花坐在家门口伤心大哭。此刻,愣在一边的刘成心如刀剜。

曹云花和刘成心里都清楚,是刘成送来的带病菌的鸡,不幸导致了这场灾难。

春节过后,刘成提起继续养鸡之事,曹云花噘起嘴,死活不同意,怄气说,自己贫困是命中注定。看着曹云花憔悴的面容,凹陷的双眼,一双青筋外露的双手,刘成心里像被鸡抓一样难受。

惊蛰过,春风到,时机不等人哪。这天,刘成汗涔涔地来到曹云花家,一踏进门便急切地说:"唉! 已经买好的一百只小鸡没人养,拜托你帮我养养吧?"

曹云花一愣:"你们城里人拿工资,还养鸡干吗?"

"购新房,付按揭呗。"刘成淡淡一笑说,"每月给你八只鸡当工资,饲料费,防疫费,包括鸡意外死亡等一切成本不用你掏钱,年终一次性算清兑现。"

曹云花思忖:刘成这是刻意好心帮助自己。真是用心良苦,干脆难得糊涂顺着他吧。反正地方都闲着,再说野生鸡好卖,价格比一般鸡要高。沉默一会儿,曹云花点了点头。刘成长长舒了一口气。

曹云花养的鸡比前两年好,成活率高达百分之九十七。这一年,她净赚一万元。更可贵的是留下了野生鸡种。

两年后,省报刊登了《曹云花靠养野生鸡脱贫致富》的消息。

失去阳光的日子

○陆勇强

三年前,他路过一处叫阳光塘的地方。此后的一段时间里,他的生命中就没有了阳光。

一个农妇,在阳光塘丢失了装有一万元钱的袋子。而他,据说是后来唯一经过的人。这一万元钱,是农妇多年的积蓄,农妇因丢失这笔钱而痛不欲生。那农妇一味地怨恨他,这种怨恨就成了他无法承受的屈辱。

在无休止的谩骂中,他的家一次又一次地被翻箱倒柜,然后自己养的牲畜莫名其妙地死去。最后,连他的亲人都认为他捡了人家的钱,让他赶快把钱交出来。而他大哭:"我真的没有捡到啊!"

农妇的家族很庞大,他们的一次次威胁和恐吓,让他的妻子无法忍受。在快过年的时候,他的妻子不辞而别,两年多没有回来。

他成了一个道义上完全失败的人。他说:"如果我有一万元钱,我认了,我只想赎回以前的正常生活。可是,我现在没有钱啊!"

第二年,陷入绝望中的他对农妇说:"我真没有捡到你的钱,如果你能放过我,我愿意进城打工挣钱给你。"

就这样,他去城里打工。而农妇说:"他带了钱,逃了。"

两年后,他回来了,真的带回来一万元钱。当他把一万元钱交给

农妇时,农妇没说一个字。他走出她的家门时,农妇说:"站住,我的利息呢?"

他站定,惶惑地说:"我只有这一万元钱啊。"

他又进城了。

阳光塘在那一年被一位村民承包了。这位村民抽光了阳光塘里的水,开始清淤。塘底有许多鱼,许多村民围着观看。后来,一个塑料包被那个村民挖出来,里面是一沓湿漉漉的钞票。

他被村民找回来了,那个农妇在他面前痛哭流涕,一再向他忏悔,说不该把怨恨发泄在他身上。而他平静地看着农妇说:"没事,你回吧,我明天还要赶回工地上班呢。"

第三年春节,他回来了,后面跟着他妻子。他根本不像一个三十出头的人,一头花白的头发令人触目惊心。

听说,这年除夕夜,他放了一宿的炮仗。第二天,屋前满是红花花的碎纸。此后一连几天,他逢人便说:"我的生活里又有了阳光!"

回　报

○陆勇强

老唐爱画,早年习竹,晚年一直不辍。遗憾的是,一辈子囿于此道,却未成名成家。

九十岁那年,老唐在门外湿地上摔了一跤,老人怕摔,从此卧床不起,每日画竹的习惯也搁浅了。起初,老人很不习惯,招呼儿子取来笔墨坐于床上画,后终因此举费时耗力还有诸多不便之处而作罢。

老人终日长声悲叹,其间况味,令人不忍目睹。

忽一日,来了两位陌生人,称久闻老唐大名,慕名前来求画。老唐甚是奇怪。问之原因,两位陌生人称他们在一朋友家见到老唐墨竹一幅,觉其气态万千,故辗转前来求之。

老唐便从床上坐起,又惊又喜。

陌生人拿出一沓儿钱,交于老唐,要购老唐三尺画卷一幅。老唐大喜,说:“钱就算了,既然你们如此喜爱我的墨竹,送给你们一幅也无妨。”

两位陌生人闻之,大喜,接过老唐的墨竹,千恩万谢而去。此后,时有人登门求画,而老唐为之容光焕发。

门前经常有客前来,吸引了众多邻人注意。一日,老唐突接电视台的电话,说要采访。电视台记者在老唐的居所拍摄了一天,节目最后在黄金时段播出，老唐几乎在一夜之间家喻户晓。

躺在病床上的老唐就这样出名了。他早年的墨竹单幅可以卖到五千元，且因为老唐现在无法作画，其画大有上涨之势。

老唐的成名有些突然，不时有朋友想探究原因。老唐的儿子有一次对好友说："其实，第一次购画是我安排的，那两个陌生人是我的朋友，我是为了让老父高兴一番。没料想，从此，假戏真做了，反而成就了父亲的心愿。"

老唐的儿子说罢，感慨万千。

第六百名

〇陆勇强

杭州举行了一场横渡钱塘江的游泳比赛,有六百位市民报名参加。对于这次比赛,杭州的媒体十分关注,纷纷派出记者进行采访。现场更是吸引了成千上万的市民前来观看。

比赛按时进行,六百位参赛者跃入钱塘江,奋力向对岸游去,人人都想争得第一。

很快,这六百位选手拉开了距离。

但是,其中有一位选手却游得慢吞吞的。其实他的游技不错,已经处在第一方阵了,但当他看到身后还有人时,他开始在原地仰面漂浮,再也不愿前行一米。

许多选手争先恐后地超越他而去,他却心平气和,仍然在清清的江水中慢慢游着。

他慢慢掉队了,已经处在最后一个方阵了。但他身后还有人,他游到终点附近,又开始慢吞吞地游,好像在等后面的选手。

救援艇注意到了他,开过去,问他是不是需要帮助,他微笑着摆摆手。救援艇就停在离他不远的地方看着他,艇上的救援人员实在不知道他为什么不上岸,不让自己的名次靠前些。

终于,他后面的所有人都游到了终点。此时,他奋力游到终点,上岸,高兴地喊:"噢!我是第六百名。"

现场的媒体记者和观众都觉得这位中年人很有创意。中年人一直在笑,他对记者说:"我就是冲着这第六百名而来的,现在终于如愿以偿。"

他说在江里等待成为这最后一名时,他仰面漂浮着,看着钱塘江上空美丽的云朵,真的十分漂亮。

这次横渡钱塘江大赛,没人记得前三名是谁。但是,大家都知道,最后一名,是一位快乐的中年人。

杭州有家媒体在报道这件事时,用了一句十分精彩的话:干什么事,都得有创意啊!

对 手

○潘新日

　　爹和侉叔是一对冤家,小时候在一起打打闹闹的,长大了还要斗气,几十年谁都不服谁。

　　爹和侉叔有同样的命运,爹小时候没了娘,侉叔儿时就失去了父亲,都在土窑里长大,都是靠自己的努力成了家,立了业。

　　村里人都知道,这两个好强的人早就较上了劲。只要我们家有的,侉叔家必定要有;侉叔家有的,我们家也要有。

　　刚通电那阵,侉叔家买回了二十一英寸的大彩电。电视运回的那一刻,光鞭炮就足足放了二十分钟。车经过我们家门口的时候,侉叔特意从车上跳下来,走到我们家院子,对蹲在地上抽烟的爹喊道,光头哥,等会儿到我们家看电视哈!全新的大彩电,好看着呢。爹应了一声,把烟头一摔,转身回到屋里。

　　看电视的人把侉叔家挤得满满的。大彩电真是好东西,里面的人跟真人一样。"乖乖!"村里的人都发出了感叹声。这时,我回头看见爹站在门外,踮着脚,嘴巴张得大大的,浑浊的眼睛里透着亮光。

　　第二天,爹早早地进城,傍晚也用车拉回一台二十一英寸的大彩电,只是彩电拉回时,没有放鞭炮。师傅安装电视的工夫,爹特意跑到侉叔家喊来侉叔:"他叔,你家的电视安得早,有经验,你帮俺看看这电视中不?"侉叔弯腰假装看了看,直起腰竖起大拇指夸道:"中,中。"

爹连忙让烟,扯起嗓门对围观的乡亲们说:"晚上都来看电视哈,管烟,管茶。"高八度的声音,让侉叔直脸红:昨天只顾忙了,竟忘了递烟倒茶。

爹和侉叔也真是一对老冤家,什么都比,小到家里的农具,大到拖拉机、播种机。更巧的是,我们家一儿一女,侉叔家也是一儿一女。简直奇了怪了。

这几年,爹和侉叔都铆足劲为翻建房屋的事拼命。我们两家住的都是土坯房,年久失修,遇到连阴天,两位老人都是提心吊胆的,生怕雨水泡坏了墙根,房倒屋塌砸坏人。爹在镇上的砖瓦窑厂出窑,侉叔在镇上的煤矿挖煤,都是干最重最苦的活儿,目的只有一个,建好自己舒心的窝。

就像商量好了似的,爹和侉叔一齐下了地基,一齐进来砖瓦、水泥,就连房子的宽度和长度都一样,因为是一个风水先生给看的。

我们家在村子的西头,侉叔家在村子的东头。建房的时候,爹时常会夹着烟到东头的侉叔家看看,侉叔也会隔三岔五地到我们家视察视察。渐渐地,两家因为房子的高度产生了分歧。爹喜欢建高房,侉叔喜欢住不高不矮的房子。按侉叔的说法,只能东高西低,不能西高东低;东为大,西为小。有句话叫,宁叫青龙高三尺,不叫白虎抬抬头,青龙指的是东,白虎指的是西。为此,两个人差点动起了手,最后,还是村里出面调停,取了个折中的办法,两家建一样高,这件事才算平息。从此,爹和侉叔成了仇人,见面谁也不理谁。

爹和侉叔和好是在我考上大学的日子。那天,爹把一个红彤彤的请帖递到我手里,对我说:"去,把你侉叔请来,你考上了省城的重点大学,也让他高兴高兴。"

全村子的人都来了，爹和侉叔喝了很多酒。酒桌上，侉叔拍着我的肩膀对爹说："光头哥，和土地打了一辈子交道，费劲地供孩子上学，就是为了一个梦想：老了，能当几天城市人，坐坐电梯，逛逛公园，过几天脚上不沾泥巴的日子。娃有出息了，你的梦可以圆了。可俺家娃不争气，没考上，看来这辈子，俺是别想了。"说完，端起一杯酒灌进肚里，眼泪汪汪的。

侉叔的话让我的心里也成长起一个梦想，一定要让爹住进省城。后来这个梦想化成了我学习的动力，我读了硕士，又读了博士。

参加工作几年后我在省城买了房。当我满怀喜悦地回到老家接爹时，爹却犹豫了。他默默地吸了几口烟后，神情变得忧郁起来，爹说，再等等吧。

我问爹，你不是早就盼望能住进省城享几天清福吗？还犹豫什么？爹没说话，起身背着双手离开了。

日子像门前的小河一样悄然地流淌着，又是几年过去了。一天，爹突然病倒了，临终前，我握着爹的双手，流着眼泪说："爹，儿子对不住您，没有圆您的梦。"爹颤巍巍地说："孩子，不是你的错，是我自己不愿意去的。你想，我走了，你侉叔怎么办啊？他一辈子都是争强好胜的，他儿子在外打工，我害怕他受不了……"

爹出殡的那天，侉叔也来了，我向侉叔说起了爹的那个梦想。我说，侉叔，我爹这辈子没命住进省城，您可不能放弃自己的梦想啊！

侉叔的眼泪"刷"地流了下来："我的傻哥哥，都怨我好强啊！其实，我们家娃早在省城买了房子，我考虑你供娃上学不容易，就没敢声张，我怕我搬过去了剩你自己孤单，心里难受啊！"

侉叔始终没有圆他的梦想，他自己住在乡下，孤独得像一只掉了队的大雁。

秀

○潘新日

寒秋,满地的霜,枯草一片雪白。豹骑着白马,轻轻一跃,诱人的红,演绎了一段凄美的爱恨故事。

淮南有一座明朝的桥,一桥连着南城北城,那是淮南的魂,可如果没有豹,一切都会平淡无奇。只见他身穿一袭青衫,骑在马上,一手抚剑,翻身落地,几个跟斗,剑便闪着寒光,秀却觉得剑是为自己而舞,只有她才看得懂,虽然围了很多人。游动的剑,气如虹,连风也锋利无比。这情景让秀陷入无边无际的恍惚之中,觉得似乎在哪里经历过,只是没有眼前的剑密。她站在人群里,剑随人动,可舞剑的人却渐渐近到眼前,剑光如银,耀眼。忽然,秀发现剑柄的线坠竟是殷红的颜色,他挥舞着,划出圆圆的虹。

秀被丫环梅子拉到街边,豹消失在秀的视线里,剑仍舞着。秀不停地回头搜寻豹,耳边听到的是一声声喝彩。莫非豹的剑舞得更密了?可剑的呼啸分明绕在耳际,藏了多少心事,爱意绵绵,柔情脉脉,羞得秀的两颊泛起了妖娆桃花,秀轻轻一乐。巴掌响处,梅子杏眼圆睁,说:"再不走,告诉老夫人。"继续行去,这时秀感觉自己依然还在看剑,青衣少年如燕的身姿,没有阳光,剑光拖着深秋的寒,秀看着少年舞进心里。

两年后，依然是深秋，秀上了一顶花轿，红巾罩头，她觉得整个世界都被罩住了，只能看见自己的脚。锣鼓和鞭炮响着，淹没了秀的梦。她期盼永远不要到洞房，到了，美丽就成了传说，变成云烟和水，悄然流走。突然，她猛地听见马的嘶鸣，犹如轻声细语，像在喊自己，藏着柔情无限。秀急忙将红盖头掀开，桥头之上，只见豹端坐马上，依然是青衫，一手抚剑，两眼隐着泪光。

依然是翻身落地，几个跟斗，剑便闪着寒光，剑柄的线坠依然是殷红的颜色，他挥舞着，划出圆圆的虹。秀心里一热，她明白了，只她理解，明白后，心更酸。

娶秀的是绸缎庄的吴老太爷，一个老气横秋的大财主，八房太太，秀是最小的一个。婚典由老太爷的外甥曹知县主持，而撮合这门亲事的正是曹知县。曹知县是老太爷花钱买的，有人说，他有今天，多亏有了这个腰缠万贯的老棺材瓤子；也有人说，他充其量也就是个打家劫舍的土匪。此次，如此卖力地操办婚事，谁知道他安的什么心？

秀第一次见到曹知县是在两个月前，父亲刚刚被曹知县抓进监牢，想到曹知县，秀的心里充满恨。婚宴结束后，曹知县扶着吴老太爷走进洞房，开门时，朝秀一笑，秀看不见，心里清楚。曹知县揭开盖头，一脸的坏笑。

天，下起了雨，秀看着泪流满面的蜡烛，心里在流血。接着是掩灯，吴老太爷宽衣解带，倒头便睡，秀的心里掠过一丝从未有过的酸楚。雨，一直滴滴答答地响着，沙沙沙，好像谁在雨中漫步。

夜是一条深深的沟，永远不会填满，即使是月色朦胧。秀坐在铜镜前，一件一件摘下头上的簪子，摘去桃花，朝镜里张望，觉得自己的嘴红红的，像吃人的妖精。

曹知县起身，乜了一眼床上的骨头架子，干咳了两声，翻着冒火的眼睛，吐着酒气，朝秀走来，脚步就像踩在秀的心上，秀一点也不怕,目光盯着窗外的雨丝。那柔柔的雨丝,此刻,那么软。曹知县越来越近,快到秀的身边时,秀看到了豹,依然是翻身落地,几个跟斗,剑便闪着寒光,剑柄的线坠依然是殷红的颜色,他挥舞着剑,划出圆圆的虹。不久,新县令在城门口贴出告示,曹知县被杀,凡知情上报者,赏金三百大洋。

豹来到城门口,伸手撕下告示,一个鸽子翻腾,闪身上马,两个人沿着淮河岸向东奔去。

豹姓张,是我同学的高祖父,那把剑如今还挂在我同学的客厅里。

神 算 赵

○潘新日

　　淮南有好几处深深的庭院,都是前朝遗老或雄霸一方的名人雅士所建的。历经风雨,淮南最显眼的院落听雨轩却落入了算命先生赵神仙的手里。淮南百姓多为不解,赵神仙不过是位算命看地的先生而已,怎么就这么住进了偌大的豪宅? 后经淮南人的多次领教,才发现这个算命先生的确不一般,有着不为人知的神秘。

　　淮南百姓依稀记得赵神仙是在那个迷雾蒙蒙的深秋的早晨来的,一路的落叶,赵神仙手里拿着一袭赵神算的帘旌,青衫圆帽,戴着墨镜,三缕长髯,颇有点仙风道骨。他自称赵神仙,人们自然认为他是一个游走江湖骗人的算命先生而已。其实,他没有吹大话,因为他的神奇很快便得到了印证。赵神仙把帘旌找个地方一插,对一位正在卖菜的乡亲说,你卖菜一天赚多少钱,卖菜的回答,一天十余钱。赵神仙在卖菜的耳前嘀咕几句,卖菜的丢下生意,便取回一把锨,呼哧呼哧地在赵神仙画过的地方挖起来,几袋烟工夫,卖菜的便挖到一个坛子,打开一看,卖菜的和围观的人惊得眼珠都快掉了下来,满满一坛子银圆,真是不可思议。赵神仙淡然一笑,这是天机不可泄露。此后,赵神仙便留在淮南。

　　能找宝藏、善算生死、会指点阴阳让赵神仙顿时声名鹊起,同时

他也成为淮南最神秘的人物。当然,赵神仙的神奇令他得到了淮南老百姓的尊重,没有人敢对他说个不字,大家都眼巴巴地盼望他哪天高兴,为自己指一个发财的宝地。

淮河岸边的钱村有一恶霸姓钱,人称钱霸天。他看着几个自己认识的穷鬼因为得到赵神仙的指点,发了一笔横财,心里很是不甘,但又摸不准赵神仙的深浅,也没有办法让赵神仙就范。钱霸天整天唉声叹气,管家钱粟之献一计。

那天,在赵神仙家的院墙外,一群人鞭笞一个衣衫褴褛的老者。老人凄惨的求救声牵动着赵神仙的心,赵神仙走出深宅,问明原因,让打手们扶起老者,在离老者不远的地方挖,最后挖出了两个金元宝,乐得钱霸天抱起金元宝就跑。赵神仙眼一黑,倒在地上,等他醒来,他的眼睛真的瞎了。

自那以后,赵神仙云游摆摊的次数渐渐少了,他懊悔不已。这些年他从来是救穷不救富的,他整日坐在听雨轩内,一边无聊地弹着古筝,一边默默地流着眼泪。也便是从这天开始,淮南各镇的人再也请不动赵神仙了,谁也不相信,曾经铁嘴神算的大仙就这么沉沦了。

听雨轩建在古淮河的边上,前后院全是桂花树,风过桂林,哗哗作响,满院的香。你会觉得那里藏着神秘和诱惑。赵神仙会一个人呆呆地站在林子里,其实也是,在后院的一片旧房里,埋着仇人的尸骨还有他祖上留下的银圆和黄金。如今,这些财散得差不多了,他也没了什么遗憾,他记得曾对帮助过的人说过,天机不可泄露。

自赵神仙歇业后,淮南最有好运的要算街东头的铁匠老李头和更夫瞎娃子了。他们不经意间悄然得到了赵神仙的指点,两家人都置了地,当上了富人。知情人说,这两家过去都是赵神仙家的仆人,赵家败落后,逃到淮南,这个秘密,直到赵神仙升天,才被揭开。

依然是深秋,依然是桂花满园,赵神仙端坐抚琴,凄婉的琴声哀哀切切，弦断处，赵神仙后背一凉，倒在地上……

树林中一黑衣人从隐秘的叶间站起身，手中枪口飘着丝丝青烟。

夜半，一场大火把听雨轩烧得干干净净。淮南人早起看到两具尸体，一个是赵神仙，一个是黑衣人。

人们猜出两个人的关系，把两人分开埋在院内和院外，只是埋在院内的赵神仙坟前，每到清明节，总有人温几盅热酒，燃几刀黄纸。而院外的那座坟，经年无人上坟，慢慢变为平地，已看不见坟茔的痕迹。只有那片桂林还在飘香。

为自己歌唱

○栾承舟

中午下班后,我去五金店配钥匙。刚把钥匙递给服务生,就听到一阵悠扬的歌声,像掠过水面的一阵清风,低回婉转,动人心魄。抬头一看,只见对面过道上的一个摊位前,一个四十来岁的中年男子正在摇头晃脑自得其乐地歌唱。

我走出店门,走到他的摊位前,在他对面坐下。他抬头看了我一眼,点点头,继续他的歌唱。在他面前一张矮矮的小木桌上,放着一个酒杯,一瓶本地酒厂生产的白酒,一个馒头和两根香肠。看来,他的午饭要在这里解决了。

唱完歌,他端起杯,"吱"一声呷了一口,然后上下打量我一眼,目光亲切友好地问:"你要修鞋还是修车?"

"都不是!"我说,"过来看看你。每天都听到你的歌声,唱得真好!"

他一听,笑了:"我也常看到你,骑着车子从这里过去……"他指指我身后的柏油路。

"收入好吗?"

"怎么说呢? 也行吧。"他喝一口酒,拿起一根火腿肠咬了一口,"咱也没有什么其他的手艺,还能干啥?"说着,他的眼里漾起一层迷茫的雾,眼神迷离起来,一时间没有说话,沉默了。

我指指穿街而过的人流:"你这样乐观,感染了多少人啊!你看,大家都在笑着看你,这笑,可是你送给他们的啊……"

听了这话,他高兴起来:"我送给他们的?"

我点点头,说:"对呀!前几天,我遇到了几年来最大的一件难事,心情很压抑。一天,下班后从这里路过,听你在唱《塞北的雪》,听着听着,我的心情也好了起来……"

"你是只看到我的现在,不知我的昨天啊!"他咂巴一下嘴,"我是国企办公室的工作人员,今年正月下岗了。那天,我不知自己是怎么回的家,心中翻来覆去地想,这下完了,完了,还怎么出去见人?人家会怎么笑话我?再说,干了二十来年的行政工作,无一技之长,能干什么?以后的日子怎么过?"说到这里,他再次沉默了。

我忙指指他脚旁几双修好的鞋子:"你的技术不是很好吗?你看,修得多好,就像新的一样……"

他笑了:"这要感谢我的妻子。没有她,我真走不出这一步。那几天,她反复做我的思想工作,开导我,说自食其力,不偷不抢,有什么难为情的?"他的语调渐渐地兴奋起来,"她要我跟岳父学习修理自行车,先干起来,看行不行,不行再想别的办法。就这样,我学习了一个月,购买了工具,终于硬着头皮走了出来……"

我望着他,聚精会神地听他的倾诉。

"开始,我怕碰到熟人,见了他们就赶紧低头。谁知有一天,我以前的同事阿芳来修自行车,认出了我。看着她那惊诧的表情,我笑了。从那以后,还真不错,许多朋友、同事知道了我摆摊的消息,都来照顾我的生意,宁愿多走几步也要赶过来……"他端起杯,喝一口酒,然后,抹一下嘴,"一个月下来,我一算,比上班时挣的还多。时间一长,心里也就平衡了。走到哪山就唱哪山的歌,不管怎么样,咱得适应。后来,我又买了缝鞋机,有什么活儿就干什么活儿。现在,我是彻底完成角色的转换了。有时天气不好出不了工,就浑身不得劲儿。晚上没事儿,我就让岳父带着我去访名师,多方求教。我不是吹,我的手艺在这道街上是数一数二的……"

"第一次听到你的歌声,我还以为是在拍电视剧呢! 你的歌唱得还真不错!"

他有点不好意思说:"那天太累了,不停地忙活儿了一上午,完工以后,不知怎么就吼了一嗓子。一个路过的小女孩立时停住脚,为我鼓掌。从那以后,我干完活儿就唱。有时兴致来了,就一边干活儿一边唱。古人不是说'不如意事常八九'吗? 咱现在岗位变了,能够吃上饭,咱为什么不笑? 为什么不唱?"

"对! 该唱,笑着面对人生风雨。"我说。

"为了你这句话,我要请你喝酒。"他端起酒瓶,倒满酒杯,递到我手中。我端起杯:"为你的今天,也为你有一个更加美好的明天,干杯!"

没走多远,我又听见了他的歌声,那略带沙哑、真诚而执着的歌声……

与狼共舞

○栾承舟

　　走到自家自留地时，海成叔惊呆了，他看见，就在前面不远处，有一个人扭着一只狼在地上不停地翻来滚去，情形十分危急，他想也没想就举起扁担冲了过去。

　　到了近前一看，海成叔不由得怔住了。原来，与狼扭打在一起的是村支书刘强，在他身边不远处，放着一支猎枪。此时，刘强的脸上红一道白一道地被狼抓出了不少伤痕，被撕裂的棉衣口子露着棉花。见到海成叔，刘强的脸上露出恳求的神色。

　　海成叔犹豫了。前几年，因为家乡兴修水利，政府安排他和村中十余户人家从山东半岛来到这东北平原安家落户。一天出工时，海成叔晚到了一会儿，年轻气盛的村支书刘强竟不给海成叔安排活计，嘴里骂骂咧咧，说了好些不中听的话之后，扬长而去。后来，隔三岔五地，刘强便敲打海成叔几句。到了这一年的冬天，公社组织各村到北大河去疏通河道，搞水利会战，刘强竟安排海成叔和村中的小伙子一起清理淤泥。海成叔下到河里，不一会儿就全身发麻，一天下来，累得直不起腰。更让海成叔难过的是，那几天他得了重感冒，刘强竟不让他休息，强令他像往常一样出工。后来，海成叔劳累过度，昏倒在泥水之中。醒来之后，海成叔的心中就结了冰，一年多了，一直没有融化。

　　快意之火在海成叔的心中只是燃烧了一小会儿，就熄灭了。浸透身心的善良不允许他幸灾乐祸，他举着扁担，义无反顾地走上前来。

　　正与刘强撕扯在一起的狼也看到了海成叔，感受到了危险，它欲挣脱刘强逃命。

　　海成叔看准时机，对准狼背一扁担抽去，狼大嗥一声，抓住刘强的爪子不由得松开，身子软软地瘫在刘强身上。海成叔接二连三，几扁担下去，血从狼的口鼻流出。

　　刘强将身上的死狼推开，从地上坐起来，眼里充满了感激。喘了几口粗气后，他对海成叔说："谢谢大叔，救了我的命。"

　　海成叔没有吭声，他放下扁担，在刘强的对面坐下，从怀中掏出一盒香烟，递给刘强一支，两人慢慢地吸了起来。

　　吸了几口之后，刘强的情绪渐渐稳定，喘了一口长气之后，他说："去年水利会战，我对不起你呀，大叔。"他抬起头，看了海成叔一眼，"那时候，我光想着赶工期了，没想到你的腿有病啊！后来，有人向我反映，说你有关节炎，我心中那个悔呀！"说到这里，刘强叹了一口气，继续说："前几天，有人说从老林子里来了一只白鼻子老狼，时常到村里叼鸡咬羊，我就寻思，找到它，把它打死，剥下狼皮给您老做两只护膝，这对您的老寒腿有好处。"说到这里，他疲惫地笑了笑："谁知枪响后狼趴在地上装死，我走上前来查看，不承想它猛地跳起来，将我手中的枪打掉，随后，一下子将我扑倒在地，这不，多亏你赶来救了我……"

　　海成叔的心立刻袭上一股暖流，就像大雪天喝了一碗烧酒，他激动地说："多谢你，还想着我这外乡人……"

　　歇息了一会儿，两人一齐动手，将狼的四蹄绑紧，然后，一根扁担抬回了村。同时，也抬回了一种信任，一种相互关爱的真情。

舔刀子的羊

○ 栾承舟

金华街上新开了一家饭馆,名为咱家涮烤园,专营各类烧烤和涮羊肉。每天中午和晚上营业前,该店必在门外当众宰羊,一时间顾客盈门,生意兴隆。

一天,路过涮烤园家门前,看到涮烤园的老板正和一位专司杀羊的中年人杀价。就在他们身边的一棵法国梧桐树上拴着一只羊,通体雪白,大约有七八十斤的样子,正在地上嗅来嗅去地寻摸着什么。我想,这只羊可能是在奇怪,自己怎么找不到鲜美的草吧? 那悠闲安详的模样,十分自得,一点也不知道大祸就在眼前。毫无疑问,这只羊是中年人牵来放在这里的。

两个人谈了一会儿,买卖成交。中年人从自带的手提包里拿出一把筷子长短的短刀,一块月牙样弯曲的磨刀石,浇上水,哧哧地磨起来。

刀子渐渐明亮。

正面、反面连续磨了有五六分钟,中年人停下来,将锃亮的刀刃在自己左手拇指的指甲上轻轻蹭了几下,然后放下,转身走进店里去了。

刀子磨好了。

那只在地上低着头嗅来嗅去的羊,走到中年人磨好的刀子旁边,

停住,向四周看了看,接着,便用鼻子去嗅那把刀子。嗅了几下,抬起短短的鼻翼,轻轻地向远处推动那把刀子,刀在它的鼻翼下轻轻挪动,在地上拖出一条浅浅的痕迹。

我不知道,此时,羊的心里在想什么,它是意识到越来越近的危险,要把死亡的气息推远吗?

这时,羊竟伸出了舌头,一下下舔起了刀子,甚至将刀柄上的污水、石沫也舔得干干净净。之后,它抬起头,好奇地看着过往的行人,眼神显得那样善良,孤独,无助,友好。

谁能帮助你、拯救你,善良的羊?

这时,中年人从店里拿出一个铝盆,放在自己的脚下。羊回转身子,轻轻舔着他的衣襟,是在向他乞求什么吗?

中年人饱经沧桑的脸上面无表情,不知是不是习以为常,他一脸麻木,没有一点表情。你看他动作麻利,一把揪住羊头,顺手将羊摁倒在地。这下,羊可能是真的意识到了危险,它凄然地惨叫着,两条腿徒劳地往空中蹬着秋风,那么乏力而迟缓。

看得出,中年人是个杀羊的老手,他操起刀子看也没看,挺刀直刺,那把被羊舔过的短刀,准确地刺入了羊的咽喉。羊洁白的下巴下,一股红色细流奔涌而出,血,由细而大,哗哗地流到脸盆里,羊的精神、力气、生命,顺着血液渐渐流失,终至于无。

很久很久,我没有动。

富有人性的羊啊,在人类和这个世界面前,你显得那样聪颖而无奈,弱小而无助。你什么都知道,却什么都无法说出来,就连抗争都透着温驯和善良,你用自己的方式向这世界表达了最后的祈愿,终于把吃着青草渐渐肥硕的身躯毫无保留地奉献给了这个世界。对此,时间是否也感到了深深的痛?

一种从未有过的感觉涌上心头,一时间,风中充满了不安的花香。

斗　鱼

○晓立

　　"小伙子,这河里有条大的。我的钩太小,你来试试吧。"老人跟他说这些的时候,他扛个鱼竿袋刚到河边。

　　他不太相信,心想唬人呢,嘴上却问:"是吗? 在哪儿?"

　　老人指了指前边不远的大河湾:"就那儿。"他望了一眼,知道这几年河里没出过大鱼,连小鱼也让人整得差不多了。但看到老人黝黑的脸上,那浑浊而友善的老眼,他半信半疑。

　　"跟我来吧。"老人说着,就拿起一把小手竿,穿着肥大的裤衩,拔腿走在有些泥泞的小道上,发出"呼哧呼哧"的声响。

　　穿过柳林,钻过两棵山丁子树,好大一片河滩就撞在眼前。

　　"估摸这鱼相当大,把我的钩弄断了——你得用海竿,上大钩啊。"说完,老人又"呼哧呼哧"地走到一侧,钓他的小鱼了。

　　正是丰水期,滔滔的河水到这儿转了个牛鞅子弯,又一头扎向下游。宽宽的水流稳健中透着雄浑,估计这片水域至少也有三四米深,很可能藏有大家伙。很快,他展开了海竿,分别换上了大钩。"嗵、嗵、嗵、嗵",四只重铅砣纷纷沉入水底,挂上铃铛,四把竿就一字排定了。

　　这时,他忽然感到一种莫名的紧张,甚至想到"吉凶未卜"四个字。

　　雨后的阳光泻在大河两岸,给绿色的灌木丛以勃勃的生机。他也拿起一把手竿,一边听着海竿的动静,一边在附近垂钓,以排解心中的焦躁。一两个小时过去了,他只收获了一些小鱼崽儿。又一两个小时过去了,海竿的铃铛跟哑巴似的。他开始怀疑老人是不是看走了眼,或者是有什么企图。他忍不住逐个绕上渔线,仔细检查了一遍鱼饵。

　　当夕阳洒红大地之时,他进行了最后抉择:收竿回府!

　　恰在这时,"咣啷咣啷",清脆的铃声让他一惊!

　　他迟疑了一下,接着一个箭步冲过去,准确地一把将第二只海竿一抓,一抖——哇,好重!

　　"上了,上了!"老人也喊。

　　他的心跳立马加快,他站在沙滩上稳稳地拉住竿柄,一手借着鱼拉动的力量缓缓放线。凭感觉,这是一条好大的鱼,它肯定知道自己危在旦夕,企图逃脱。

　　"不要硬拉,溜它,溜它呀!"老人边喊边"呼哧呼哧"又奔过来。

　　海竿扬在手上,他感到拉力在加大,耳边分明听见渔线在"嘎嘎"作响,仿佛随时就会断掉。他感觉大鱼在左右奔突,打算摆脱控制。过了足有二十分钟吧,拉力似乎渐渐小了些,大鱼也许累了。他才开始慢慢收线,绕几下停一停,手抖得厉害。

　　老人也忙得不亦乐乎,一会儿喊叫,一会儿上手的。他却不理会,心想用不着你瞎吵吵,我还不知道咋弄? 他用眼扫了下老人,哼——这可是我钓上来的,你不会也想分一半吧?

　　火红的夕阳躲到山后,鸟儿回窝那叽叽喳喳的鸣叫让他心烦意乱,他的心情愈加沉重复杂。

　　此时,大鱼的力量渐渐在减小,离岸边也越来越近了。很快,大鱼黑黝黝的背就隐约可见，并伴有"轰隆轰隆"的打水声。

他用力拉紧线，心说："你跟我斗，哼，看谁狠！"

老人也拉着线，紧嚷："好家伙！慢点，慢点！别让它跑了！"

鱼快到岸边，挣扎得愈烈，"轰隆轰隆"的水声听起来有些恐怖。他徐徐拉线，在鱼离岸还有一两米的时机，一用力，一团黑色涌上岸来！

真是难得一见的大鱼，一蹦二尺高，灵如舞者！

他扔下海竿，一下冲上去准备抓住它。哪知，大鱼不停地蹦，让他心虚得无法下手。眼看又要蹦回水里，他全身扑上去，可惜只抓了一手黏黏的东西。老人也上去欲抓，却被脚下的树根子绊了个跟头——鱼复又回到了水里！

"你别添乱了，老人家！"他大喊一声，又抓起地上的海竿——好在鱼是带着线走的，还没脱钩。

他在岸上又紧紧拉住海竿，大鱼还在死命向深水用力。老人一拍脑袋，拿起了身边的抄网，穿着裤衩"扑通"就下到水里。

"看准了再抄！"这回，他知道没有老人的配合，这大家伙很难制伏。

鱼还在水里翻着水花。老人看准了鱼影，用力一抄——空了，再抄——又空了！与此同时，他也感觉到鱼线竟是松松的了。水里，大鱼没了踪影。再看鱼钩，只有半个鱼嘴在动，仿佛在嘲笑他。

一切恢复平静，唯有心。

"白瞎了，白瞎了！"老人直嚷。

他扔掉海竿，一屁股把沙滩砸出个坑。看着黄昏中消失的老者，心说："还好，该着……"而后，顿感周身相当的轻松。

最香的一个冬夜

自　由　鸟

○晓立

　　巴顿从小就好动,上学时几乎被诊断为"多动症",时常遭受老师的呵斥。但他仍我行我素,凡运动项目都很出色。

　　F1 赛车风行于欧美,于是赛车冠军就成了他的偶像,飞翔也成为他的梦想和追求。没有赛车,他有自行车让自己驰骋,小小的身躯在风中、在田野的小路上飞呀飞,洒一路欢声笑语。

　　然而,一次他在与小朋友的竞技中跌倒了,车子将他的小肋骨硌断了,疼痛扭曲了他的脸。这场意外令所有在场的小朋友尖叫起来。没想到的是,他没流一滴泪,竟咬着牙起来,拍拍身上的尘土,自己缓缓骑上车去了医院。

　　后来,巴顿成了真正的 F1 赛车手,成了自由驰骋的勇士。

　　每天的训练是艰苦而紧张的,就像进入了设计好的程序。身体素质、驾驶技术,他样样都很优秀,门门都记载着红红的满分。这是因为他喜欢奔驰与飞翔,喜欢从中找到那种惬意,那种愉悦的感觉。因为他是自由的,自由地起步、超越、冲刺,仿佛眼前面对的,是一浪高过一浪的欢呼,是那五彩缤纷、欢庆胜利的花的海洋。

　　然而,这次的训练他太糟糕了。车在一个转弯处一下子冲出了赛道,借着高速的惯力向上腾起,弹出一道漂亮的抛物线,然后重重

132

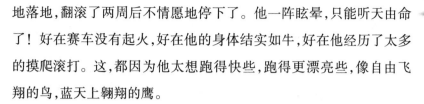

地落地,翻滚了两周后不情愿地停下了。他一阵眩晕,只能听天由命了!好在赛车没有起火,好在他的身体结实如牛,好在他经历了太多的摸爬滚打。这,都因为他太想跑得快些,跑得更漂亮些,像自由飞翔的鸟,蓝天上翱翔的鹰。

功夫不负有心人,几个大赛下来,巴顿的成绩频频超过对手,成为一匹让人吃惊的黑马!在接下来的 F1 三个分站的比赛中,他连连夺冠,积分一下子名列榜首!

他成功了,香槟酒喷出狂喜。

他的翅膀硬了,成了重量级的公众人物。投资商烟草公司给他身上贴上了商标,引擎合作商、轮胎供应商也在他身上进行了"布置"。他不得不同意,因为他知道,没有这些商家的赞助他将一事无成。每当赛后他回到休息室,拿下头盔,脱下一身的"行头",就没了往日的笑,他的心情沉重极了。

在无赛周里,巴顿更是疲于奔命。周一从美国印第安纳返回,周二就参加几个公司联办的招商会,周三在国内练车,周四参加首都的促销活动,周五继续练车,周日出席古德伍德赛车节……

他渴望自由,渴望无拘无束的飞翔。在驾驶舱里,他是技术娴熟的车手,争得第一是他的目标。在这第四站的比赛中,他的感觉良好,排位也对他很有利。但当强劲对手雷诺车队的阿隆索领先他时,明明他是有信心在下一个弯道搞定他的,指挥室却下令他进站加油,他自然有些想不通。再次上路跟上阿隆索的时候,指挥室又让他更换轮胎——真是的!

这次一定要超过他!又上路了,此时阿隆索也加完了油,换完了胎。赛场上轰响着一片引擎之声、欢呼声,气氛也随着比赛要结束而愈加热烈起来。加速,他瞪圆了眼睛,憋足了一口气。他紧盯阿隆索,箭一般靠近,再靠近,等待时机。阿隆索也紧紧地贴住弯道的里侧,不给他超越的缝隙……

又到一个转弯处,阿隆索有些放松……他刚要加大油门,指挥室竟下达不许超越的命令!

他读不懂了。也许考虑前三站都是第一,这一站即使第二总分也不会受太大的影响;也许考虑比赛要结束了,冒这个险不值;也许雷诺车队已花高价"买"下了这一站……他都不得而知,也不用他知道,他只管听指令就是了。

但他有这个能力,有这个信心,也就感到巨大的委屈!

机会不是你想抓住就让你抓住的,只好期望下次。当他结束比赛的时候,他首先会接过一块手表(赞助商瑞士豪雅),表带松松垮垮的——这样可以确保颁奖时大家都能注意到滑至手背上的名表;上领奖台时,他会戴上蓝色的帽子(上面打有轮胎供应商米其林的商标);而在稍后的新闻发布会上,他又会换上一顶黑色的帽子(赞助商威斯烟草)……

他还得违心地说,感谢车队,感谢各方合作商!

当夜,巴顿做了一个奇怪的梦:自己真的成为一只无拘无束的鸟,翅膀掠过浩浩长空,飞越崇山峻岭……

牧童与白鹭

○邢贞乐

白鹭站在红树上，伸长颈项等待着退潮。牧童来到河岸，对着白鹭哭诉："白鹭啊，我比你还痛苦！"

白鹭似乎读懂了牧童的内心世界，它"呀"一声扑打着翅膀，箭一般冲上高空，飞到去年与牧童约会的地方，在那片垒满脚手架的建筑上扑腾着，直至弹落几片洁白的羽毛才折了回来。

牧童说："免了，免了，凭你我的力量无法改变这无序开发的现实。"白鹭似乎在说："千万别再填海，海一填，潮水无处排泄涌上河床，我们仅有的家园将被淹没。"

牧童读懂了白鹭的内心世界，"扑通"一声跳进河里，在曾经与白鹭一起捉蟹的地方，伸开双臂奋力将河水挡回去。白鹭为他的举动感动，流下了悲怆的泪水。

牧童无法力挽狂澜，他挣扎着游到岸边，湿漉漉地爬上红树，躺在树干上用他的心灵与白鹭对话："白鹭呀，记得去年我在那块湿地牧牛，牛吃着青青的水草，你在银光闪闪的沼泽里觅食贝螺，不时跳到牛肚子下面啄食黏在牛身上的贝蛎，路过的游人架起相机拍下这澄明纯净的水乡牧牛图，这幅图有你的衬托更是空灵美丽。"

白鹭似乎窥见了牧童的心灵深处，"呀"一声，好像在说："别提了，我的兄弟姐妹一起在那片湿地家园里，传颂着牧童的佳话，弹唱着生命的音乐，那是一种怎样的欢乐！而如今，我们不得不迁移到红树上，没了嬉戏、追逐、交欢的场所。悲哀呀，那蓊蓊郁郁密密匝匝的水草，一夜之间竟长成了你拥我挤的'城市文明'！"

牧童感悟到白鹭的心音，抹了一把圆润的泪珠，长叹道："我的父亲也住上了高楼。没了圈牛的栅栏，那头牛流着眼泪被宰了，母亲养的几头欢蹦乱跳的猪崽也被投进了烤炉。习惯在地上行走的那些人，找不到那片滋润他们灵魂的沼泽，迷茫着不知去向。我的牧歌已被删去那段柔美灵动的音符，变得越发空寂与苍白……"

远处传来一串串汽车的长鸣，横跨两岸的桥梁被轰隆隆的声响压得喘着粗气。动画般的车水马龙，把牧童心里的忧郁碾成了碎片：一辈子扶犁的父母，枕着几百万征地赔偿款，没睡过一天安稳觉。今天念叨着房价涨到两万元了，明天嘟哝着猪肉涨到三十元了，后天怨叹着庄稼地没了，犁耙驶不进城里，总不能坐吃山空呀！还有，牧童自小只闻熟稻穗的芳香，只知道世上总得有人种粮食，坐惯了牛背坐不到如同针毡的"乌龟"壳里……

白鹭蜷缩着身子，用长嘴伸到树枝上啄了几下，几片树皮掉入水中浮出水面，旁边树上的兄弟姐妹们扑腾着俯冲下去，当发现抢到的并非食物时它们又垂头丧气地回到树上。漫漫而来的潮水，浸泡着白鹭"南国天堂"的梦幻——

"曾几何时，我们的先人带着憧憬飞越沧海来到这里，可那追捕的猎枪让他们诚惶诚恐不得安生，先人们承受着惨重的伤亡，拖着沉痛的翅膀飞离了这片神奇的水乡泽国。而如今，蓝天丽日大地欢歌，我们成了受宠的生物，成了美丽的使者，没有捕杀的枪口，只有艳羡的眼神！我们与游人变成了伙伴。在那蓝天白云下，随处可见一行行柔白的身影，流动着一幅幅波涛汹涌的画卷。"

牧童伸了一下懒腰，晃动了树枝，几片枯叶掉到水面，旁边树上的白鹭吸取了上次的教训，看清了那是树叶而不是食物，盯着水面没有责怪流水的样子。缓缓吹来的凉风，浸润着牧童刻骨难忘的记忆——

"听奶奶讲，我的祖辈们买不起牛，在那片湿地里戴着斗笠披着蓑衣，一人拉犁一人耕作，耕熟了一片片金黄的稻谷，耕活了一茬茬生生不息的后代，耕来了牛和房子的世纪！那片流淌着祖辈血汗的土地，成了我美丽的家园。后来，我的祖辈们让出了一片沼泽，这片沼泽成了白鹭栖息的家园。"

白鹭轻拍着翅膀"哎哟"一声，发出低沉而哀怨的叹息："可是呀，到处都在圈，不知何时我们又要拖着翅膀，飞越沧海苦苦去寻找通往家园的路！"

此时，一辆大卡车在浅水处发出"哗"的一声巨响，倒下了一堆填河的泥土。白鹭惊慌地飞了起来，"呀"了一声，仿佛在喊："牧童，小心呀，这里已经不再是久恋之地。"

牧童如梦初醒，在白鹭的呼唤声中，开始了他的思考……

情　堵

○邢贞乐

　　肥二的工作蛮不错,在一家职业技术学校当校工,会开车,平时吃住在学校,偶尔也顶顶教练。就因为肥胖,都快二十七了还没谈上女朋友,把他妈妈急得像热锅上的蚂蚁。

　　肥二妈的娘舅侄子有个女儿在海城一家超市工作,肥二妈偷看过,虽说那姑娘从村沟沟出来,有些灰头土脸,但苗条稚嫩,还不到十八岁呢。肥二妈心想,"三分人才七分妆",穿上漂亮衣衫,涂上胭脂膏粉,再来个什么"梨花烫",保准比长嘴婆翠花嫂家的媳妇强几十倍。

　　肥二妈铁下心要娶娘舅家的女儿。

　　立德巷的人都喜欢请翠花嫂当媒婆,肥二妈打死都不愿,想起肥大的婚事她就气得七窍冒烟。要不是长嘴婆搅局,肥大就成了局长家的女婿,就因为请了她,吃里扒外把人说到她娘家去,让局长千金嫁给她娘家那个当什么狗屁经理的外甥,害得肥大屈就娶了巷尾看厕所的王老五家脸上带疤的女儿。

　　肥二妈单枪匹马到了娘舅家,把来意直说了,娘舅家的人早就盼着女儿嫁进城里,亲上加亲自然皆大欢喜。肥二妈与娘舅家的人设计了嫁娶线路图,分三步走:第一步先让姑娘到她家认亲戚;第二步双方家庭各负其责说服子女;第三步由肥二妈把姑娘接到家里为他们定亲,事成后给娘舅家送去彩礼。

一切都在紧锣密鼓地进行。

第一步,娘舅家的女儿还真的到了肥二妈家认亲戚,肥二妈旗开得胜喜笑颜开。第二步,肥二与娘舅家的女儿都明白了双方家庭的意思,肥二还真的请过娘舅家的女儿在情侣包厢喝过咖啡,乐得肥二妈眉间豁亮嘴上栽花。

肥二跟他妈妈说,别看那姑娘是个村姑还挺有性格,约几点到就得几点到,说啥时走就啥时走,不给你表白的机会。肥二妈笑着说,姑娘家害羞,心里都亮堂了,还表什么白?

娘舅家的女儿对她妈妈说,肥二又黑又粗,肥墩墩的,找不到那种感觉。妈妈对她没好气:感觉能当饭吃? 能嫁进城里那是你的福分,哪有那么多讲究?

肥二妈瞅准娘舅家女儿十八岁的生日,特制了一块大蛋糕请她来家过生日。姑娘虽不大情愿,但想到家里人强硬的态度也就怯生生地应承了。

约的是晚上六点半。娘舅家的女儿几乎分秒不差地踏进肥二家的门。肥二妈笑盈盈地招呼她,给她让座、倒茶、递水。

肥二六点钟下班,他借了学校的教练车往家里赶。下午他还约了几个学生与工友晚上八点半一起去看住院的老校长,按正常速度应该来得及。

进入市区过第一个红灯,车辆就排起了长龙,一辆挨着一辆像蜗牛那样爬行。过了第一个接着就是第二个,车与车之间几乎就没有空隙!

汽车慢慢蠕动,肥二的心怦怦直跳。六点半、七点、七点半、八点……

肥二妈在家急得团团转。娘舅家的女儿几次起身要走,都被她好言相劝,又递水果又递糖。

这孩子到底怎么了?肥二妈几次拿起座机拨打肥二手机,可肥二偏偏在这个节骨眼儿上就把手机落在了家里。肥二妈不知道原因,第一次在心里责怪起孩子来。

这海城到底咋啦?两年前还蛮顺畅的,转眼间就这样堵,政府都干吗去了?端着政府饭碗的肥二,第一次责骂起政府来。

"这个人不讲信用,对谈朋友竟是这样疲沓,不靠谱。"娘舅家的女儿开始排斥第一个要谈的男朋友。

肥二妈急得几次进卫生间。肥二的手机响了。娘舅家的女儿好奇地打开机盖:"你还没到呀,我们在等你呢。"听得出是女生的声音,娘舅家的女儿从好奇到好气。

这是第九个交叉路口,立德巷就在眼前。红灯亮了九十九秒,肥二的心脏蹦了九十九次。前面那辆大巴车过去后,肥二看不清红灯是否在亮,也跟着开过去。这回可惹出大麻烦,撞上了左拐过来的一辆本田雅阁。肥二顾不了这些,扔下车就往家里跑。

因跑得急,到家门口正好与怒气冲冲出来的娘舅家的女儿撞了个满怀。此时,隔壁长嘴婆翠花嫂将一盆洗澡水往路上泼,溅了他俩一身。娘舅家的女儿啐了一口,揉着撞伤的额头愤愤离去⋯⋯

听到肥二妈责怪孩子的声音,长嘴婆翠花嫂凑了过来,本来肥二妈不让她当媒婆,她已经窝了一肚火,这会儿可就开始幸灾乐祸。她话里有话:"大妹子,水浸巷刘三婶家有个姑娘,人虽哑巴但也水灵,不缺胳膊不少腿,我看挺般配的,不如叫肥二去打探打探。"

肥二妈一听,心里堵得慌,自己也变哑巴了⋯⋯

溪　麻

○邢贞乐

　　溪麻（学名叫"淡水鳗鱼"）属鱼类，似蛇，无鳞，肉实耐嚼，香滑可口，生长于河溪池塘，特喜咸淡水交汇之处。望楼河从石门子顺流而下，在望楼港入海，咸淡水交汇，适宜溪麻生长。过去河水丰足，河潭中很易捕到溪麻。现在河水少了，别说溪麻，就连鲤鱼都绝了迹。

　　于是，开始有人在望楼河上游挖塘养溪麻。流鼻四与斜眼二就在丰塘村合伙开了一口大鱼塘，养了一万尾溪麻。去年冬天，溪麻上市，每条重七八斤，斜眼二碰都不敢碰，因他自小就怕蛇。

　　说来也怪，过去望楼河人喜欢吃溪麻，现在溪麻上市却连看都不看。无奈，流鼻四与斜眼二只好给溪麻打氧，运到海城去卖。可海城养溪麻的人也不少，加之城里人也开始学乖，说溪麻属无鳞鱼，胆固醇含量高，不敢吃。流鼻四急坏了，拽着斜眼二火急火燎去向哥们儿李三求救。李三经过分析，总结出溪麻滞销的主要原因：一是现如今城里人非常注重健康；二是溪麻价格昂贵，普通居民消费不起。然后，他对流鼻四说："溪麻的促销方向只有对准阿'公'。"他凑近流鼻四用手比画着，如此这般暗暗授计。流鼻四不时点头，连说"高""妙"。斜眼二腿脚一直打架，仿佛大难临头的样子，末了被李三踢一脚："你呀，就是这副德行，怕风怯雨改不了老鼠胆。"

回到村里,流鼻四着人放出风声,说望楼河里现在有野生溪麻了,有的还上岸吃农舍里的猪崽。尽管无人相信,但每天都有几个平时捕鱼捉蟹的孩子从河里捞出几条溪麻到镇上来卖,而且比市面价要便宜一半。于是,镇上一传十,十传百,说现在溪麻如何如何便宜,吃猪崽的溪麻如何如何好吃,餐馆的生意登时火爆起来。镇政府、工商所、税务所、财政所、派出所、国土所、卫生所,天天都有接待,顿顿都有订餐,后来也没人顾及溪麻的价格了,餐馆的老板娘个个都歪着嘴笑。

过了十天八天,捉鱼的孩子们都说溪麻捉完了。这回可不得了,镇上大大小小各级领导不下两百人,嘴都吃馋了,没到吃饭的时候他们就结伴到餐馆去占位置。流鼻四每天开着辆车从镇上驶过,逢人便打招呼说要拉溪麻到海城去卖。老板娘个个都急疯了,派人到路上去拦截,流鼻四一见拦车的就加大油门"呼哧"一声,卷起一层层灰尘,把他们呛得泪涕横飞。

镇上各级领导馋急了,于是在一起商议。有人提出到镇政府去请愿,非得把流鼻四的溪麻留下来。镇长爱民如子,及时召开了镇长办公会议,讨论应对策略,最后做出了冠冕堂皇的决策:"为了落实中央一号文件,保护农产品基本价格,调动广大农户的积极性,镇政府决定以保护价收购本镇生产的所有溪麻产品以满足市场需求。具体工作由财政所和望楼河餐饮协会组织实施。"

流鼻四坐在塘口跷着二郎腿吹着口哨垂钓,斜眼二在草寮里生灶,鱼塘里的溪麻时而滚出水面溅起几朵水花。

几个餐馆老板汗流浃背来到鱼塘,拿出镇政府的红头文件,斜眼二看后高兴得登时就去拿渔具,流鼻四即时制止:"且慢,先谈好保护价。"

餐馆老板们你看看我我看看你,是呀,政府的文件也不明确。于是有人提议，本着互利互惠的原则，供需双方对等谈判。最后的结果是，略高于时价以每斤 90 元的价格作为保护价。

双方无异议。

在流鼻四的监督下，斜眼二双手颤抖着与餐饮协会签下了每天两百尾的供货合同。

不出两个月，一万尾溪麻就被镇上的各级领导吃得精光。流鼻四和斜眼二赚得盆满钵满，而餐馆酒店却收获了一摞摞赊账单。

几个老板娘聚在一起，暗地里又给流鼻四起了一个更滑的外号——溪麻！

妈是英雄

○张寄寒

　　我家自城里逃难到妈妈的故乡小镇不久,小镇沦陷了,镇内笼罩着一片恐怖气息。妈妈不许我和哥哥们随便出门,她总是提心吊胆地呵护我们。大清早,妈妈买菜回家,一脸惊恐地把一路见闻向我们描述。看到妈妈的惊恐情绪,我们不再"少年不识愁滋味"。

　　刮了一天的西北风,日暮风和。妈妈把我家长弄堂里的三重门的门闩紧紧地闩住。妈妈上楼时满街传来"嘭嘭"的一片关门声,夹杂着日本鬼子那笨重的大头皮鞋踏在石板街上发出的"咯噔、咯噔"声,还伴有杂乱的狗叫声。

　　次日一早,妈妈和我送四个哥哥(最大的十八岁,最小的十五岁)去南湖畔操场参加日本司令部组织的集训。刚送走他们不久,忽然从我家虚掩的大门钻进四个身穿青布衫裤的陌生年轻人。

　　"你们是什么人?"妈妈惊讶地问。

　　"大嫂,我们是游击队的,刚进镇口就被鬼子盯住一路追赶,路过你家看大门虚掩,便匆匆进门,请求大嫂见谅!"一个年轻人边说边掏出一张盖有红印章的证件。

　　妈妈二话不说,镇静地拉着大舅说,你赶快去关好三重门,再从后园出去借一条小船,泊在我家后河头。大舅风风火火出后门,迅捷地借来小船泊在我家后河头。妈妈带四个游击队员从我家后院围墙上的一个壁洞钻出去,随即上了大舅的小木船,沿着一条秘密水道入南湖远走高飞。

送走了四个游击队员,妈妈如释重负地舒了一口气,拉着我的手说:"你看,多危险,晚一步他们便被日本鬼子抓走,后果不堪设想。"妈妈坐在靠椅里闭着双眼平复心中的余悸。我在妈妈背后用我的小拳头给她捶背。不多一会儿,四个哥哥集训回家,刚坐定,妈妈便向大哥问长问短。忽然,传来一阵阵"嘭嘭"的敲门声。

"你们赶快上楼,鬼子寻上门来了!"妈妈镇静地对哥哥们说。

"妈,你不能去开……"我拉着妈妈的衣襟说。

"嘭!嘭!!嘭!!!"一阵激烈的碰门声。

"我去开!"妈妈边说边走。

"你不能去,我不让你去!"我狠命地拉着妈妈的衣襟,边哭边喊。

碰门声越来越响。又是大头皮鞋踢门声,又是枪柄击门声。

"来了……来了……"妈妈一边挣脱了我的手,一边抢先一步,拔开了大门的门闩。

"为什么不开?!"一个日本翻译气势汹汹地说。两个日本兵肩上的刺刀寒光闪烁。

"对不起,来迟了,请长官见谅!"妈妈彬彬有礼地说。

"刚才四个游击队员进了你家门,请你把人交出!"日本翻译官阴险地说。

"我家的门一直关着,难道游击队员能插翅飞进来?"妈妈带笑反诘。

"我们亲眼看见他们走进你家,你怎么说他们没进门,难道你想抵赖……"

"长官这样说,太不客气了,如果你们真的不信,请动手抄家!"妈妈严肃地说。

"不,不用抄家,交出来就好。"翻译官狡诈地说。

"长官你一定看错人了。今天一早,你们司令部在南湖滩集训,我的四个儿子都准时报到,刚刚才集训结束回到家!"妈妈理直气壮地说。

"如此说来游击队员没有进你家门,那么请你把你四个儿子叫出来!"翻译官皮笑肉不笑地说。

"老大、老二、老三、老四,你们下楼让长官看看!"妈妈朝楼上窗口嚷着。

于是,大哥带了二哥、三哥、四哥一字排开地站在日本兵面前。

"像!像!!"日本翻译官眯着眼挨个逐一细看,笑着说。

"我没骗你们吧!"妈妈坦然地说。

"没有!没有!!大大的好!"日本翻译官一边对妈妈跷着大拇指,一边对身边士兵说,"回!!"

日本兵一走远,哥哥们在院子里把妈妈高高地托举起来欢快地说:"妈是英雄!妈是英雄!!"妈妈大难当头敢于担当的精神是我们永远学习的榜样。

1962 年秋日的一个傍晚,我从镇中心校放学回家,踏进家门口,只见一个陌生的中年军人正和妈妈促膝聊天。

"这个是我家的老五,当年他还小,现在师范毕业在镇中心校教书。"妈向中年军人介绍。

"妈,这位大哥是……"

"他就是小镇沦陷时期那天早晨日本鬼子追捕的四个游击队员之一,他是给妈看介绍信的同志……"

"你好,解放军同志!"我边握手边热情地说。

"那年幸亏大妈相救,我们一出南湖,不久便找到游击队大部队。

我经历了抗日战争、解放战争、抗美援朝战争,现在我在北京的部队工作。这些年来,我一直在打听你们家的情况,终于在一个偶然的机会找到了你们家的地点。我这次专程来拜访你。你的四个儿子现在怎样?"解放军同志絮絮地说。

"两个儿子在朝鲜战场上牺牲,两个儿子被划成了右派……"

解放军同志沉默了。

"请问其他三位同志在哪里?"妈妈提起精神问。

"都在抗日战争中牺牲了。"解放军同志沉痛地说。

一阵沉默。

"大妈,请允许我叫你一声妈,好吗?"解放军同志真诚地说。

"好……"妈妈激动地应道。

"妈……"解放军热泪盈眶地叫道。

"嗯,嗯……"妈妈喃喃地说。

"妈,你才是真正的英雄!"解放军同志那一声响亮的声音响彻在宁静的天空。

送 鸭 蛋

○张寄寒

　　我读小学四年级时,我家养了四只大麻鸭,鸭子小的时候,都是我每天放学后去挖蚯蚓给它们吃。小鸭子一天天长大,从一身深黄色绒毛变成淡黄色绒毛,又从淡黄色绒毛变成绿色的长毛,待到它们羽毛长丰满时,妈妈让我把它们赶到河里放养。大清早开鸭棚,给它们吃些稻谷,让它们记住晚归的地方。鸭子下河后便在曲曲弯弯的河道寻觅食物。放中饭时我好不容易在一条浅水湾里找到我家的四只鸭子,它们正翘起屁股,把头伸进河底啄小螺蛳、小鱼虾。天一擦黑,它们竟然熟门熟路地边"嘎嘎嘎——"地叫着边上我家的河滩登门,上鸭棚。

　　大麻鸭也有不准时归来的时候,天黑了,它们和邻家的鸭子成群结队地在河里悠闲地游来游去,任我在岸上"鸭咧咧——"地喊得喉咙沙哑,它们却无动于衷。我只得用小砖块掷来掷去,掷得手臂发酸,它们依然忽东忽西。每一次等鸭子真正上棚时,我已精疲力竭。妈妈宽慰我说:"养鸭子太苦累了你,明年不养了。"

　　我每天放学回家做好作业后,头等任务是把我家的四只鸭子赶回家。放暑假了,我从傍晚开始,沿着小镇井字形河道,边喊"鸭咧咧——"边用砖块赶鸭子,从夕阳西下到夜幕降临,四只鸭子渐渐和

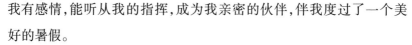

我有感情，能听从我的指挥，成为我亲密的伙伴，伴我度过了一个美好的暑假。

鸭子从秋天游到冬天，长得有模有样了。妈说："鸭子游在水面上，尾巴紧贴着水面，表明它屁股下有鸭蛋卵的分量。"

没几天，我家的鸭子生了小蛋，妈说："这是鸭子生蛋的预兆。"鸭子生大蛋了，妈妈让我倍加小心，每天要把鸭子准时赶回。于是，天未黑，我便在井字形河道两旁奔东奔西，一边喊"鸭咧咧——"一边对着鸭子掷砖块，既不能伤害鸭子，又要不偏不倚击中要害之处，这样才能有效准时地把鸭子赶回家。

鸭子在生蛋的时候心特别野。有一天，我从黄昏赶到天黑，都没有把鸭子赶回家，心中无比懊恼。天空已伸手不见五指，河面上既看不见鸭子的踪影，又听不到鸭子"嘎嘎嘎"的叫声。原来我家的鸭子上了对岸陆家姆姆家的鸭棚。

自从我家鸭子上了陆家姆姆家的鸭棚，一连几天，妈妈都不让我去陆家姆姆家讨鸭蛋。没几天，陆家姆姆提了一篮鸭蛋给我们送来，妈妈和她推来推去。陆家姆姆说："说不定哪一天我家鸭子上了你家的鸭棚。"妈妈连忙接嘴说："对，我也会像您一样给您送去。"

没有想到陆家姆姆的这句话说中了，那天晚上，陆家姆姆家的鸭子真的上了我家的鸭棚。次日一早，妈妈让我把四只鸭蛋给陆家姆姆送去。我送去时陆家姆姆说："我家两只鸭子停蛋了，两个蛋你拿回去。"

妈妈说："陆家姆姆太认真。"妈妈说别人家鸭子上我家鸭棚，一只鸭子一个蛋，不必较真。想不到我们两家的鸭子，一会儿入住陆家，一会儿入住我家，一个个又白又大的鸭蛋，联结着我们两家的情谊，我们再也不愁鸭子在外生野蛋，它们在我们两家中的哪一家生蛋都一样，让人感到放心、踏实。

红色手提箱

○林华玉

一列特快列车渐渐驶近边境。莎丽抚了抚隐隐作痛的胸口，就着一瓶矿泉水，服下几粒速效救心丸，然后从行李架取下一只红色手提箱提在手中，来到车厢的过道上。

"迷人的小姐，过道上太冷了，上我的包厢暖和一下吧！"一个中年男人朝她打招呼，同时用色迷迷的眼光看着她，那目光好像许久没有见过女人似的。

莎丽竟然顺着那狼一般的眼光走进那男子的包厢，还对那男子露出了迷人的微笑，然后对他说："先生，您可不可以帮我一个忙？"男人有些受宠若惊："能帮助一位如此漂亮的小姐，是我的荣幸。"莎丽亮了亮手中那只手提箱说："列车停靠下一站点时，我需要下车办点事。能不能请您帮我照看一下这只手提箱？您也知道，一个女人提着一只箱子到处走是很不方便的！"中年男人极痛快地回答："非常乐意为您效劳，您可以放心地把它放在我这里。"男人殷勤地接过莎丽的手提箱，把它和自己的行李放在了一起。

火车到站停下，莎丽走出出口，她看见两个边检人员径直向她走来。她感觉胸口更疼了，她悄悄背过身，又服了两粒速效救心丸，然后迎着边检人员走了过去。那两人挡住莎丽说："对不起，请您出示

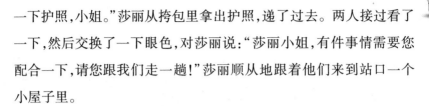

一下护照,小姐。"莎丽从挎包里拿出护照,递了过去。两人接过看了一下,然后交换了一下眼色,对莎丽说:"莎丽小姐,有件事情需要您配合一下,请您跟我们走一趟!"莎丽顺从地跟着他们来到站口一个小屋子里。

见她进来,一位警察模样的人站了起来掏出证件一亮,说:"我是本地警长霍利。莎丽小姐,我们今天收到一份来自柏林的传真,上面说您要将一批盗窃的毛坯宝石偷运出境。我们甚至知道您偷运宝石用的箱子的颜色,您的那只红色手提箱呢?"

莎丽耸了耸肩:"我不懂您的意思,我只是个独自旅行的女人,我没有带行李,更没有您所说的红色手提箱。我身上只有这个手挎包了,包里还有几张欧洲通用的银行卡。""这个我们很快就会查清楚的。"霍利警长说,"几个边检人员正在认真清查列车,他们是不会放过任何一个角落的。"

一会儿,几个边检人员进来汇报道:"警长先生,我们认真检查了整列火车,发现了十几只红色手提箱,但是并没有找到我们需要的那只。"

警长沮丧地说:"既是这样,我们又没有逮捕证,只得向莎丽小姐表示歉意,祝您路途愉快!"

列车开动之后,很快就驶过了国境。莎丽急匆匆地走进那个男人的包厢,见到那个男人就问:"我的那只红色手提箱他们没有发现吧?"

男人回答:"没有,尽管他们来检查了两遍,连沙发靠垫都翻过了!"

莎丽松了口气,又问那男人:"那太好了,您真有办法,请问您把它藏什么地方了?"

男人讨好地说:"他们反反复复问红色手提箱的下落,我就知道这手提箱里定有不可告人的秘密,说不定是走私品什么的……当然,我知道您是无辜的,像您这样一位高贵漂亮的小姐怎么会干出犯罪的事情呢?我猜您定是受了蒙蔽,为了不给您也不给我添麻烦,我就趁他们不注意将那只手提箱扔出了窗外……"

莎丽听完男人的话,脸色顿时煞白,突然胸口剧烈疼了一下,她知道是心脏病又发作了。她急忙掏出药片,但还没来得及放进口中,就倒在了地上,药片撒了一地。

男人看着列车上的医护人员七手八脚地把莎丽抬往医护室,怔了片刻,从裤兜里掏出一包东西,喃喃地说:"在扔出手提箱时,我已将这一包东西取出藏了起来,但这只是一包透明的石头,它对您真的那么重要吗……"这正是那包莎丽要偷运出境的毛坯宝石。

但莎丽已经听不见了。

超级面膜

○林华玉

  莫尼教授经过十几年的不懈研究,终于制造出了一种叫"超级面膜"的高科技产品,只要往电脑里输入某个人的资料(照片、体貌特征等),不出五分钟,与电脑连接的一台机器就会弹出一套透明的面膜,拿这个面膜往脸上一贴,立刻就变成了那个人的模样,不光是面容,就连身高、嗓音甚至连指纹都会变成那个人的。

  莫尼教授并没有着急把这事声张出去,因为他是位严谨的科学家,他对产品的性能还不太了解,如面膜的时效性,他初步设计为十二小时,但具体多少时间还不明了。所以,教授决定自己实验一下这套面膜的功能。

  变成谁呢?教授首先想到的是自己的学生汤姆。那个家伙身材修长,长相英俊,到哪里都会招来一群女士的目光,其中包括教授的妻子玛丽,所以教授有些忌妒他。虽然也有许多美女朝自己放电,但教授明白,那目光都是冲着自己的钱来的。于是,教授决定变成汤姆,体验一下做帅哥的滋味。

  果然,变身为汤姆的教授走在大街上,身上就沾满了周围美女的炽热的目光。他去一个超市购物时,甚至还有一个女收银员因为看他而忘记了找零。教授很陶醉于这种感觉,但更多的还是忌妒。

教授心情舒畅地走出超市,他要回家了。自从"超级面膜"进入攻坚阶段,他就开始吃住在实验室,好久没有回家了,他想给妻子一个惊喜。

到了家门口,教授按响了门铃。其实他有钥匙,但他想跟玛丽开个玩笑,看看玛丽见到他有什么反应。门开了,漂亮性感的玛丽一如从前,一边大叫着"亲爱的",一边张开双臂向他扑来。教授开始时极其高兴,但随即又觉得不对头:因为他此时的身份是汤姆啊。难道妻子知道自己的实验成功了?正在教授迟疑之际,玛丽先开口了:"汤姆,你这死鬼这几天死哪里去了,可把我想死了啊!"说着就狂吻起教授来。

教授明白了,原来她早就和汤姆有一腿啊!一股怒火在教授胸内升腾,他气急败坏地推开玛丽。玛丽则一脸狐疑地看着他:"怎么了?每次见面不都是你疯狂地吻我吗?"说完,玛丽的嘴唇又贴了上来。

一个恶念涌上了教授的心头,他果断地抱起玛丽走进卧室,卧室里传来了玛丽放荡的笑声。

十几分钟后,教授从卧室走了出来,玛丽却定格在了床上。原来,教授趁玛丽不防备,扼死了她。

教授的如意算盘是这样打的:他利用现在变身为汤姆的机会,扼死玛丽。警察来的时候便会在玛丽的身上及室内的许多地方发现汤姆的指纹等痕迹,于是汤姆便顺理成章地成了他的替罪羊。这样,汤姆就会被带到警察局。在铁的证据面前,汤姆肯定百口莫辩,只得就范。这样,可怜的汤姆不但成了狱中客,说不定还会被判死刑。教授满意地笑了:这真是一个一石二鸟的妙计啊,我真是个天才!哈哈……

杀死玛丽后,教授并没有立即离开,而是从门洞里观察外面的动静。一会儿,他的邻居约翰推开房门,准备下楼。教授就打开房门,故意看了约翰一眼。约翰正要向自己打招呼来着，教授却故作惊慌匆匆离去。当然这也是他完美计划的一部分：有了邻居的证明，警察就会更加相信汤姆就是杀人凶手了……可怜的汤姆。

教授回到实验室，抬头看了一下表——从出实验室到现在，十二个小时多一点。教授又看了一下镜子里的自己，发现他已经自动变回了自己原来的面容。

半个小时后，屋外传来了敲门声。教授起身开了门，发现门外有两个警察。教授故作轻松，问："警察先生，找我有什么事情吗？"警察回答道："您的妻子被人扼死在了卧室里，我们所掌握的证据表明是您杀了她，请您跟我们走一趟吧！""我怎么可能杀死我的妻子呢？我爱她还来不及呢！"但警察不再理会他，把他带走了。

在审讯室里，面对主审官的质问，教授不慌不忙地一再申明自己半步也没有离开实验室，自己是无辜的，他并没有杀死妻子玛丽，请警察帮忙抓住凶手并严惩。但当警察亮出证据时，教授就傻了眼。原来留在玛丽脖子上的指纹以及室内的脚印都是莫尼教授的。而且，邻居约翰也提供证词说在楼道里看见了慌张离去的莫尼教授。面对这些，教授只得承认了杀死妻子玛丽的罪行。

原来，问题出在那张"超级面膜"上，由于技术不成熟，面膜的时效并不像教授设计的有十二小时那么长。就在教授作案杀妻时，"超级面膜"已经失效，那时他已经变回了自己！而这是莫尼教授万万没有想到的。

康熙的茶壶

○林华玉

王一宏在闹市区开了一家茶馆,不知怎么回事,生意一直不好。这天,他正在店里生闷气,忽然一个瘦瘦的身影走进来,进门就喊:"老板在吗?"王一宏一抬头,看见一个人尖嘴猴腮,浑身没有几斤肉,就没有好气地对他说:"你有什么事就跟我说吧!"瘦猴就把身上的一个包小心翼翼地放下,从里边取出一只壶来。这只壶通体青绿色,镶着金边,上面还画着精美的图案。壶身很大,壶嘴也挺粗,一看就知道不是一件俗物。

王一宏来了兴趣,就问,这是什么壶?瘦猴回答道:"这可是一件难得的宝贝。"接着他翻过壶身,叫王一宏看壶底的落款。王一宏看见壶底有扭扭曲曲的文字,好像是篆体,就摇摇头说不认识。瘦猴介绍说:"上面印的是'康熙御用茶壶',据说这是康熙爷用来招待外国来华使节专用之品,而且存世的没有几件,名贵得很!"王一宏听后说:"你跟我说这些也没什么用,我是个开茶馆的,又不是贩古董的。"瘦猴说:"就是因为你是开茶馆的,我才想把这只壶卖给你。"说到这里,那人话锋一转说:"你知道为什么别人的茶馆一直生意不错,而你的生意却很惨淡吗?"王一宏反问:"那你一定知道喽?说说看!"瘦猴点了点头,说:"就是因为别人的茶馆都有自己的特色,而你的茶馆却没有特别吸引人的东西。这样若能生意好,那才是怪事呢!"王一宏一听,确实有道理,就问:"那你说我的生意怎么样才能好呢?"瘦猴道:"要想生意好,得靠这件宝!"他亮了亮身边这只壶,接着对王一宏说了自己的主意。王一宏琢磨了一番,深以为然,就欣然花两万元买下了这只壶。

瘦猴的主意就是让王一宏用这只壶开个特色茶馆,美其名曰"康熙御用茶座"。买下这只壶之后,王一宏就忙活开了,又是找人重装门面,又是在媒体上大作宣传。半个月之后,"康熙御用茶座"就隆重开业了。由于这段时间王一宏吊足了大家的胃口,所以一开业,他的生意便很是红火,大家都想看看这只康熙用来招待外宾的茶壶到底是什么样子的,尝一尝这只壶泡出来的茶水到底有什么特别的味道。自然,这个"大家"指的都是那些富商大款、达官贵人,因为要想品这只壶泡出的茶,价格是不菲的,一般人消费不起。

短短一年时间,王一宏靠着这只壶不但收回了所有成本,还净赚了几十万。

这天,王一宏的办公室来了一个人,王一宏一看,认识,就是那个尖嘴猴腮卖壶的家伙。王一宏就问他有何贵干,瘦猴说:"听说王老板用我的那只壶发了大财,我现在有些后悔当初卖的价格太低了,想收回那只壶!"这不是无理取闹吗?王一宏就想打电话叫保安请这个家伙出去。只听瘦猴接着说:"你如果叫我出去会后悔的!"王一宏听着他话里有话,就放下电话,不耐烦地问:"俗话说,嫁出去的女,泼出去的水。你的茶壶既然已经卖给了我,现在又要收回,你到底是什么意思?"瘦猴说:"我要告诉你的是,我卖给你的壶并不是康熙招待外宾的茶壶,我是骗你的!"王一宏说:"怎么?这是一件赝品?"瘦猴说:"这百分之百是一件真品,关键是上面的题字并不是'康熙御用茶壶',而是……"说到这儿,瘦猴故意卖了个关子,王一宏果然有些着急，就问："那到底是什么？"瘦猴一个字一个字地说："上面的题字是'康熙御用溺器'。"王一宏一听，一下子就从老板椅上蹦了起来："什么？溺器！那岂不是说这不是康熙的茶壶，而是……而是康熙用过的尿壶？"瘦猴微微一笑说："说起来很恶心，但的的确确就是这么回事，所以如果我把这件事情出去一吆喝，即使你的茶馆不马上关门，那些喝过你这尿壶泡的茶的人也会跑来砸烂你的茶馆的。"王一宏这时才知道这个家伙从进门卖壶时就早有预谋，一下子就瘫倒在老板椅上，无力地说："说吧，要多少钱才能封住你的臭嘴？"瘦猴用不可商量的语气说："我不要现金，只要股份，以后每来一个顾客我就抽取百分之三十的分红，你看这样还算合理吧！"这简直就是抢劫，可是此时的王一宏已经是骑虎难下，只好打落牙齿往肚子里咽，答应了他。

此后，茶座的生意一直很好，每天还是有许多有钱人前来消费。

谁在关心我

○吴忠民

来短信了。刘洋翻开手机,屏幕上赫然显示:你不联系我,没关系,我联系你;你不思念我,没关系,我思念你。祝你在这个特殊的日子里……

短信并没有落款,来信显示的是一个手机号码,没有姓名。

显然,这个人不常联系。不管他,刘洋想。

晚上关灯之前,刘洋突然就想起了白天手机短信的事。他告诉了妻子艳红。刘洋喃喃道:"你说能是谁呢?要说不熟悉,语言又显得很亲密,要说是熟人,我又没存他的号码。"

"你回复一条短信得了,敷衍一下,管他谁谁呢。"艳红大大咧咧地说。

刘洋是个认真的人,回不回短信无伤大雅,但到底是谁发来的短信,对刘洋来说,却真的是解不开的谜。

第二天上班的时候,刘洋对办公室同事讲了这件事。讲完,刘洋让同事们帮忙回忆回忆,那是谁的号码。最后当然是没有结果,号码很生,不是单位任何一位同事的电话。闹腾了半天,最后科长总结说:"刘洋啊,有祝福就好,不见得非要刨根问底呀,吃了鸡蛋还非得要知道是哪只母鸡下的吗?你也太较真了。"

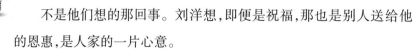
不是他们想的那回事。刘洋想，即便是祝福，那也是别人送给他的恩惠，是人家的一片心意。

这样一想，短信这件事就始终萦绕在刘洋心头。

过了个把月，刘洋还是没弄清这号码是谁的。这期间刘洋也断断续续向其他朋友打听过这个号码。妻子艳红说："一个短信快把你弄成神经病了，是男人就拿起电话直接问呀。"

实在没有高招的刘洋索性就拨通了那个号码。

直接问你是谁呀显然不是明智之举。

电话通了，竟然是一位女士。刘洋就拿出准备好的热情的腔调："喂，你还好吧，这一阵忙啥呢？"

"有啥可忙的呢，还不是老一套。"电话里对方说。

想试探她的工作性质和单位，失败了。对方的声音也很陌生，听不出来是谁。

刘洋又问："这几天你和哪些朋友在一起呀？我好久没和大家联系了呢。"

对方笑嘻嘻道："还不是那几个呀。怎么，你要有空就过来和我们一起玩。"

刘洋唔唔地应着。末了，刘洋说常联系，就狼狈地挂断了电话。

是谁呢，谁在关心我。试探不成，败下阵来的刘洋简直有点恼怒了，这么小的一件事都做不好。

终于有一天，饱受短信困扰的刘洋想到了一个好法子。刘洋写好了一条短信给那个号码发了过去，大意是他想请客，让要好的朋友们聚一聚，到底都该请谁，让对方给拿个方案。

这样一来，不但朋友们相聚了，对方是谁也知道了，不伤面子，两全其美。

十多分钟过后，对方来电了。

女士在电话里说:"刘洋你太热情了,感谢你的邀请,可是我们有规定,不能接受客户的请客。顺便告诉你个事,二期楼盘下周开盘,有兴趣的话,请你和夫人届时前来售楼部……"

刘洋挂掉电话后,翻出这个储存了两个多月的号码,快速删除。

晚上临睡,妻子艳红问刘洋:"那个人到底是谁呀?"

刘洋一贯充满智慧而深邃的眸子里露出了遮掩不住的茫然,夹杂着些许失望:"嗨,一个很远的朋友。"

锁

○吴忠民

梅梅打来电话。嫩生生的声音带着哭腔。

梅梅说："妈,咱家床上睡了个男人。"梅梅声音有点抖。

红英一急,把一个药盒差点捏瘪了。红英向四周打量了几眼,把电话向脸上紧紧贴了贴说："你再说一遍,唔,看清楚那人长啥样了吗? 别怕,乖孩子,你现在在哪儿?"

梅梅说："我悄悄反锁了门,下楼后我就待在街角电话亭里。我说了你可别生气,我觉得那人背影有点像楼下的海涛叔叔。"

家里睡了个男人,还有点像三楼的海涛叔叔,不会吧。红英寻思,梅梅的爸爸在外地工作,回不回来她应该是最先知道的,况且她下午离家上班的时候梅梅爸爸也一直没回来。退一步说,就是梅梅的爸爸回来了,也不会专门去邀请楼下的海涛睡到自己家里呀。红英心里一紧,臂弯里的一摞药盒哗啦啦散落在桌上。红英慌忙向护士长打了招呼,拦了辆车急慌慌地赶到了街角电话亭。

"妈。"梅梅见到红英,咧开嘴哇地又哭起来。

"吓坏了吧? 孩子。"说着,红英迎着梅梅张开臂膀。梅梅没有像往日那样扑进红英怀里。路灯下的梅梅眼睛肿得桃子似的。梅梅说："从辅导班回来刚一进门,我就看见卧室里有个男人在,我害怕。

锁

咱给爸爸打电话,让爸爸回来抓了他?"红英摇摇头否定了。"爸爸回来,爸爸回来我能说清楚吗？要不,咱报警?"梅梅紧逼一步又说。

红英想了想,对梅梅说:"既然你看那人像海涛叔叔,咱贸然报警不太妥吧。能不能让小区保安和咱一起回家先看一看,把你小芬阿姨也叫来,好不好?"

被红英电话请回来的小芬,嘴唇都气青了。小芬深深地剜了红英一眼,冷了脸子,一扭一扭,和三名保安一道走在最前面。

卧室的灯亮着。侧面看去的第一眼,小芬一下子就认出了睡在红英床上的正是自家男人海涛。小芬冲上去照准海涛的脸就是一记响亮的耳光。打了一个激灵的海涛缓缓睁开眼睛张望,逐一辨认着围在床边的几张变形的脸,一股浓烈的酒气从海涛身上弥漫开来。

紧张得快要迸发的气氛,在酒精的慢慢挥发中缓和了下来。

保安说:"看样子是你们两家的私事,没我们什么事,我们就先走了。"

"说,咋睡在人家红英床上的。"小芬一副这事不算完的架势。撑起身子溜下床的海涛,轻轻捅了捅小芬的胳肢窝,说:"走,咱回,人丢大发了。"海涛羞愧得压低了声音。

小芬斜倚着门框堵了门,纹丝未动。海涛瞄了红英一眼,慌忙低下头说:"真的对不起,单位招呼检查,喝大了,钥匙摸出来,这门一捅就开,我真不知睡哪儿了。"说完,海涛趔趔趄趄地摇晃到门口,摸出钥匙,真的就打开了红英家的锁。

小芬看得十分清楚,海涛打开红英家门的钥匙,正是他们家门上的那把。小芬一下子咧开了嘴巴,笑说:"楼上楼下一家人,平日里我和红英好得跟亲姐妹一样,赶巧了,让这把锁给闹得哈,真不好意思,吓着孩子了。"

临下楼,略清醒了一些的海涛一步三回头,双手合掌作揖般地说:"妹子对不住,对不住啊,赶明儿你把锁换了吧,费用算我的。"

"说哪里话,邻居处了这多年,换了倒显生分,谁还偷谁抢谁呀,不用换不用换。"红英坚决地挥挥手说。

海涛的罪孽深重了。小芬一边贴面膜,一边反复斥责海涛没有酒德:"喝不了你就别喝。"小芬举一反三拿例证说明酒醉失态的危害,酒杯虽小伤心事大。呷着小芬泡来的浓茶,海涛似听非听地打开了电脑。"看,同一把钥匙能打开两把锁,这种概率达到万分之三,正常,正常。这下你彻底放心了吧。"海涛在网络上为自己的行为找到了合理的解释,不无兴奋地说。

在红英领孩子去梅梅爸爸那儿探亲的这天,海涛和小芬请来了全城有名的开锁王,让那师傅给家里换一把新锁。师傅安好锁,咔咔调试一番,把一套原包装的钥匙递给了小芬。师傅得意地说:"这几天生意特好,昨天你们头顶上的四楼也换了一套新锁。"

病

○吴忠民

大张病了。

消息传到办公室,我们平静得像一潭水。

病就病呗,谁没生过病。大家埋头做事,谁也没有去注意大张为什么这几天没来上班,也没有谁流露出去看望大张的意思。

直至小爆炸接了一个电话,说是市里要大张去参加一个会议,这就引发了关于大张的话题。

大张是我们科室的业务策划骨干,市里召开的重大项目推介会除了主管领导就是他要参加。可是大张已经病了,留着小爆炸发型的青春派小女孩一早就带来了小道消息,大张请病假了。

办公室刘主任的安排进一步证实了这一说法。刘主任说:"大张同志向局领导请病假了,谁去开这个会合适呢?"

老宋叭叽一口烟,缓缓地说:"大张可是科室的顶梁柱,除了刘主任您,谁还能顶得了大张的角色呢?"

"我们任何人去怕都不济事,主任您说是不是?"小钟说话间,头也没抬地将一支钢笔在桌上掼出了老远。

负责接电话的小爆炸最后轻轻地说:"反正市里的要求我汇报清楚了,人家要负责项目推介工作的主要业务人员参会。我是没资格去的。"

刘主任的眼睛从我们每个人身上扫过,刘主任很为难。

好大一阵子,刘主任很悲怆地告诉大家:"大张同志的病情可能很严重,晚期。"略做停顿,刘主任的目光停在了老宋的脸上。又说:"相处一场,大家多担待些。"

老宋沉默了一会儿,"腾"地站起身坚决地说:"大张的业务我熟悉,我去开会。"老宋就去了。

办公室刘主任、小钟、小爆炸和我,沉默得几近沉闷。大家不约而同地将目光投向了大张的办公桌。

大张的桌上散乱地堆着高高的两摞项目企划书。台板下压着一家三口前不久新照的合影,照片上的大张宁静安然,淡淡地笑着,正在读研的儿子紧贴在大张夫妻俩身边。台板右下方压了一张我们科室发黄的全体合影照。台面上,老旧的烟灰缸里塞满了烟屁股,前几天喝剩下的少半杯青茶褪去了翠绿,已然变成了黄褐的颜色。

正是年富力强的时候啊,一切来得却那样突然。我相信大家和我的看法一样,今后不久的日子里,桌上这些文档和器物可能就要变换位置或者被清理掉了。大张的办公桌一下子变得陌生起来,他的办公桌越看就越让人感受到一种肃穆的色彩。小爆炸甚至明显地有了紧张而害怕的神色,紧咬着下唇。

刘主任的意思我们都明白,多担待就是要多体谅多关怀的意思。可大张平时的做派,是我们科室谁都不喜欢。刘主任的小舅子要承包小小一部分工程,被大张挡了驾,刘主任很没面子。老宋八十多岁的姐娘去世,老宋多耽搁了几天,大张反映给局长,老宋气黑了脸。人家小钟正牌大学毕业,大张却长期把持着项目企划和推介工作,多次向局长说年轻人尚欠成熟,一直不给专业对口的小钟施展才华的平台。就说小爆炸,大张也不念及人家小姑娘每天拖地板、给大家端茶盛水的辛苦和琐碎,时常指责小爆炸不学习,反感她的头发今天染黄明天染黑。

我自然更有苦衷。刘主任快退休了,上次民主选举办公室主任的关键时刻,大张非但没投我的票,还在暗里怂恿老宋,说我业务水平过硬,就是人太浮。可气呀可恼。

生气归生气,人都到这份儿上了,还有什么可计较呢?

刘主任就咳了一声,提高嗓门倡议:"我们去看看大张吧。"

小钟默默地走向大张办公桌,神情凝重地端起他从未触摸过的大张的烟灰缸,倒掉了残灰和烟头。小爆炸也轻车熟路地替大张倒掉了残茶余渣。一切打理清整,大伙儿准备出门去看望大张。这时门外就急急地进来一个人。

进来的不是别人,正是大张。

"怕大家担心,赶紧向各位通报一声。"大张推开门就高声嚷嚷,"真是的,化验单子竟被搞差了,没啥大病,啊呀,虚惊一场。"

刘主任说:"好,好,没事就好。"

我们几个也说:"没事就好,没事就好。"

没有过多的停留。大张说他还得将他的病情向其他同志作一下说明,大家都操心着呢。大张就急火火地带上门出去了。众人心里像被强塞进了一件极不舒服的东西,缓缓地坐回了各自的位置。

"风一阵雨一阵的,这大张老了老了咋总这样?"小钟轻声说了一句。

刘主任对小钟的话是持肯定态度的。刘主任也说:"一惊一乍,于无声处我们就悲痛了一回。"

这次,小爆炸也破天荒地发表了言论。小爆炸说:"悲痛倒是有点儿,可刚一开始也为我们带来了小小的兴奋呢。"

我是不能再说了。

大张的脚步声已然到了门口。

易 水

○朱俊

我爱过一个男人。

在他从易水边回来的路上,我爱上了他。

褴褛的衣衫遮住了他的身体,蓬乱的头发被易水边的风吹起的时候,我看见了他清秀的面孔。确切地说,他是一个美男子。

他的脸上,罩着一层挥之不去的忧伤,就像易水上薄薄的一层雾,遮掩着他的脸。

易水边的一间阁楼,风柔和地吹着,我给他换下了褴褛的衣衫,梳理好蓬乱的头发。铜镜里,他看着熟悉又陌生的脸,潸然泪下,我递上绢巾。

他说:"你跟我走吧。"

我居然不假思索,跟在他的身后。一路往北,当高大的城墙出现在我面前的时候,我看见城门上的字:蓟。这是都城。城门口守卫的将官看见他时,跪了下去,还有那些兵,齐刷刷地。

他给我换上了锦衣,在我的发髻上坠了一只步摇,在我的手腕上套了一只玉镯。

白天,他的去向,我从来不知。

夜晚,他会来,在茶香中,站在阁楼上,望着这个都城的远方,静

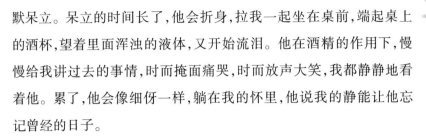

默呆立。呆立的时间长了,他会折身,拉我一起坐在桌前,端起桌上的酒杯,望着里面浑浊的液体,又开始流泪。他在酒精的作用下,慢慢给我讲过去的事情,时而掩面痛哭,时而放声大笑,我都静静地看着他。累了,他会像细伢一样,躺在我的怀里,他说我的静能让他忘记曾经的日子。

春暖花开的时候,我会在花园里摆上一张古琴,轻拢慢捻地撩拨着岁月。他依旧锦衣玉带,手执长剑,翩然起舞,在琴声渐止时,把剑收入鞘中,剑锋所到,花落朵朵。

春花易逝,我看见了他神情里的凝重。

我依旧划开不他心中的屈辱,他说:"男人,活的就是一口气。"

夏末时分,府中,来了一个人,侠客。女仆人说他经常和那个侠客一起,执手殿前,抵足而眠。一个女人,吃起了一个男人的醋。

我在后院看见了侠客。他手执石子,投掷在池塘边歇息的乌龟身上,啪啪的声音在廊间回旋。我在远处端详着他,还算魁梧的身子,发髻稀松地点缀在后脑勺上。一会儿,有仆人端来了一个筐子,我看见了筐子里黄灿灿的金叶子。他瞥了仆人一眼,随手拿起筐里的金叶子,继续往池塘里丢,那乌龟吓得把头脚尾都缩在壳里。

仆人说他把自己的马杀了,因为侠客说马肝好吃。我心里一咯噔,他曾说那马在他五岁时就跟了他。那马在这座城里,等了他那么多年。掌灯时分,仆人说他叫我带上琴,前往内府。府里,酒宴正欢,我端坐在一旁,轻柔地拨弄着琴弦,琴音缭绕。

侠客望着我说:"真美啊,这手,美。"

琴音绕梁时分,我起身告辞。

月色如初,撩动着夜的妩媚。侠客来了,说:"借你手一用。"

我愕然,烛光跳跃成一道彩虹,在这间比易水边的阁楼繁华百倍的房子里,我清晰地听见夜在哭泣。

我笑了。对侠客说:"他为什么自己不来?"

侠客没有回答。寂静的夜晚,我闭上了双眼。

疼痛让我失去了知觉。一个男人,还有什么理由不成全他的面子? 我想得明白、透彻。

曾经暗香浮动,环佩铿锵;如今玉殒琼碎,疏影横窗。那一刻,我想我明白,我不是易水边给他洗头的女子,我只是一个在锦瑟韶光、华灯幢幢里抚琴的歌姬。

易水上的风,如几年前一样,吹过我的秀发,也吹起了我的锦衣,空荡的袖子,飘在这燕云大地上。

他没有叫我,是我自己来的,我站在离人群很遥远的山坡上。

侠客在抚琴了。那琴声如一曲挽歌,在易水上回荡。

我在山坡上,放声大笑。

数天之后,侠客死在咸阳。

易水边,风卷寒水,雾满山冈。

逐 水

○朱俊

桃花又开了,在窗棂外,开得娇媚多情。

风在这院子停不住,却带落了伸进窗台的一支桃花上的粉红花瓣儿,它轻柔地落在我的手指间。我突然很伤感,红颜易逝啊。

我知道,作为一个婢女,感叹不得这季节的柔情,也动不得这季节的心思。

门上的锁,像挽在我头上的发髻一样。头上的发髻在我抬手间就能放下来,而这门上的铜锁,风吹不动它,我抬手也不能触及,它锁住了我的身体,却锁不住我的心。

手间的粉红花瓣儿飘落在我的裙摆下时,我想起了张官人那丑陋的嘴脸,他脸上的胡子,像一撮狗尾巴毛,发黄的牙齿缝隙里喷出让人作呕的气息。

我是婢女,可我不是妓女。

日子就在我的感叹中一天天过去,这已经是第五天了。我不知道接下来我的命运会怎样。是的,婢女也期冀自己的命好一些,当然,我从来没有奢望过什么。

银环来了,主母的另一个婢女。在我进这个屋子之前,我和她一直在一起,侍奉主母,直到那天我把张官人的举动告诉了主母。

银环开了锁,说:"走吧,主母叫你呢。"

我跟在银环的身后,顺手摘下了一朵桃花,往发髻上比画了一下,瞬间又藏入袖中。我期待这一朵桃花带给我粉红的运气。

转身过走廊的时候,我看见了一个人,确切地说是一个没有我高的男人,布衣短褂,洁净而干练。他没有看见我,只是把两只手藏在袖中,低头走路。主母和张官人坐在堂中,主母依旧那么庄严,宽大的锦衣遮挡了她略有些臃肿的身子。张官人见我进屋,瞄了我一眼,然后把头扭在一边。我清楚他不敢正眼看我,因为他曾觊觎于我。

主母说:"给你许配了一个人家。"就这么几个字,却让我的心像窗棂外那一树桃花一样,随着风轻轻地摇摆。

我叩头谢恩。

主母说:"你跟了我这么多年,赏赐你点什么呢?"

我回答:"什么都不要。"

主母叫银环取了一个小匣子,递给我。我又叩了一次头。

在主母和我对话的时候,张官人一直没有出声,他把玩着手里的茶壶。

我披红挂彩地坐在马上,牵马人是我的男人,那个我在走廊里看了他一眼却不知道他是谁的男人,那个布衣短褂、洁净干练、没有我高的男人。风把我的盖头时而掀起,时而拍下,我在这间隙里,看着这个将和我白头到老的男人。嫁鸡随鸡嫁狗随狗,我突然恨主母家里那一树开得繁盛的桃花。我把捏在手中的那朵桃花,轻轻地揉碎,再松开,风带着碎花瓣离开了。

男人对我很好,把我供奉在家里。他收工回来一定会给我揉背,上榻之前一定给我烫脚。在这样的日子里,我渐渐忘记了以前的岁月,我只记得在我的眼前,盛开过一树粉红的花。

每天男人收工回来之前,我都会在阁楼里的铜镜前,细细梳妆一番,虽然我的美貌已经足以让他迷醉,可是,我知道,美貌终究抵不过男人的勤劳。梳妆完毕的我,会在阁楼上倚窗而望,看着楼下街上的匆匆人流,努力去回忆进到这个阁楼里的从前。想着想着,手里的绣扇就跌落了下去,不偏不斜,正砸在一个人的头上。那人愤怒地朝上望,脸上的表情突然变得温和,他望着我的时候,眼珠里就像开了一朵粉红的花。这朵花正像那天早上风带进我窗棂时,从我手指间滑落到我裙摆上的那一朵,一切,都带着一丝意外。我在张官人的府上见过这人,他姓西门。

我开始想起那朵被我揉碎的桃花,甚至有点想念它。

后来,后来的事,已经容不得我一个人去想了。

第四十四把刀

○朱俊

一九三五年的鄂西苗寨,风把寨子上的竹笋吹出土壤的季节。

阿萝在竹林里挎着篮子,用小锄头采集沉睡了一个冬天的笋。苗莫在远方吹着竹笛,婉转的笛音在翠绿的竹林缠绕,碰掉了一片竹叶,飘落下来的竹叶从阿萝的眼眸里划过。阿萝望了苗莫一眼,苗莫见阿萝看了自己,就把手指放在嘴中,吹了一声口哨,转身奔走了。

苗莫刚走,离什来了,他在远远的地方就唱着山歌,深情脉脉的山歌,像吹在乍暖还寒湖水上的风一样,唱得阿萝的心波一荡一荡的。离什唱着歌赶着牛,从阿萝的面前经过时,望了阿萝一眼,阿萝的目光也正看着他,阿萝的脸一下娇媚得像开在山间的映山红。

吊脚楼的阁楼上,阿萝拨亮了灯,手中穿针引线,细细地绣着一个香包,苗家姑娘一个香包定终生。一轮满月,从山梁上升起来,阿萝的香包也绣好了,就等四月八的牛王节那天,把这个香包放在一个男人的胸口,让他戴上一生一世。阿萝推开小窗,还带着有凉意的风,风轻柔地吹在额头上,摇响了头饰,吹乱了刘海,也吹乱了阿萝的心。

确切地说,阿萝的心是被苗莫和离什这两个苗家寨子优秀的青年扰乱的。

在山上砍柴火，苗莫总是会帮阿萝背上一程；在河边提水，离什总是会给阿萝担上一程。苗家好儿男，光明正大地追婆娘，平日里三个人总是在一起，唱着山歌喝一碗甜酒。苗莫和离什从来不为都爱着阿萝而心有嫌隙。

阿萝难啊，阿萝心里苦，问娘，娘说，伢子啊，你自己去看吧。

阿萝说，苗莫，离什，你们谁在牛王节上最先爬上刀梯，我阿萝的香包就系在谁的身上。苗家牛王节，能下火海、爬刀梯的汉子都是优秀的汉子，最先爬上刀梯的小伙子就是苗族一年一度的刀梯王，是苗家人的英雄，自然也是苗家姑娘追逐的对象。苗莫和离什相互望了一眼，说，行。

牛王节的前一天，寨子祠堂前的场坝里，立上了两架高耸的刀梯，明晃晃的尖刀在春阳下发着寒森森的光。当天夜里，苗莫来了，他围着场子转了一圈，又摸了摸刀梯上的尖刀，然后坐在下面，一直到鸡叫时分才回屋去。

白昼撕开了夜的黑，苗鼓敲响了，声音震天，苗莫和离什在刀梯下燃了纸钱，点了三炷香，然后把手脚都抹了一层灰，小心翼翼地往刀梯上爬。阿萝手里攥着香包，提着心，站在大姑娘小媳妇中间，给两个小伙子呐喊。

四十九级刀梯，在苗莫和离什的眼里算不得什么。两人速度相当地往上爬，离什转头望了一眼旁边刀梯上的苗莫，苗莫却望着刀梯的顶端。离什居高临下，在人群中看见了阿萝，阿萝给了他一个坚定的眼神，离什深吸了一口气，噌噌往上爬，很快超过了苗莫两级刀梯。咚咚的大鼓敲得更加响亮。就在离什踩上第四十四把尖刀的时候，他的身子就像一只中箭的山雀，栽了下来。

离什死了，死在寨子前，也死在阿萝的眼前。阿萝抱着离什的身体哭，哭完了唱歌，唱着离什曾经唱过的歌。寨子上的人，把刀梯放倒后发现,在第四十四把刀上,早已抹满了桐油。

竹林里,离什的坟前,阿萝和苗莫坐在一起,两壶酒,一个碗。阿萝提起自己跟前的酒壶,给放在离什墓前的碗里添满,然后对着苗莫说,喝吧。苗莫拿起另一个酒壶,灌了一口,神智就开始模糊了,他听见阿萝说,离什一个人在下面,会孤单,我们两个都应该下去陪他,我不应该让你俩争那个刀梯王。

离什的坟前,苗莫醒了,阿萝却死了,阿萝的嘴角留着一抹温柔的笑。两壶酒中,阿萝放了两种苗家的草药,只不过一壶里放的是断肠草,一壶里放的是半日死,一壶是毒药,一壶是麻醉药。

阿萝葬在离什的坟旁。后来的每年四月八,苗莫都没有去争刀梯王,而是带上两壶酒,去阿萝和离什的坟前,嘴里念叨着,喝毒酒的应该是我,直到喝得两眼泛泪。

等　待

○任万杰

　　窗外一只蚊子正盯着一个胖子。由于关着窗户，蚊子根本没有下口的机会，不过它知道房间中的胖子不会坚持太久，因为天热，很快胖子就会打开窗户。蚊子已经想好，只要胖子打开窗户，就立刻降低高度，冲过去叮他。

　　这个时候水塘中的青蛙正趴在荷叶上，目不转睛地看着低空中盘旋的蚊子。它在心中已经计算过多次，距离太远不可能吃到蚊子，只要蚊子降落到窗户的高度，自己就跳上岸开始攻击，一定会马到成功。

　　而此时岸边的灌木丛中隐藏着一条蛇，正在流着口水。它已经好几天没有进食。它看着青蛙，希望青蛙快点上岸，自己好出去美餐一顿。

　　离灌木丛不远处有一片树林。现在正是夏季，枝叶茂盛。在一个树杈上，蹲着一只老鹰。它已经看见蛇，但是不能去抓，因为灌木会划坏它的翅膀。它在等待机会，只要蛇敢离开灌木，自己一个俯冲就抓到它了。

　　在一棵树后，猎人正托着枪，瞄着树上的老鹰。由于枝叶太密集，猎人迟迟没有扣动扳机。他没有十足的把握，他在等老鹰离开的那个时刻。

离猎人一百米处，有两名警察拿着望远镜，观察着猎人的一举一动，他们在等待猎人开枪，这样就可以人赃并获，能罚钱了。想着即将到手的钱，两个人开心不已。

两名警察后面有个山坡，山坡上有一位摄影记者扛着摄像机，悄悄地调试焦距，他要拍下警察受贿的场面，他知道只要拍摄成功，明天一定会上头条，自己从此将出人头地。

正在他幻想着自己美好未来的时候，手机开始在腰间震动。他赶紧拿出来，一看是主编的电话，接通后主编在电话中没好气地问空调遥控器在哪里，他赔着笑告诉主编在窗户外的阳台上。

而此时房间中的胖子，放下电话一边擦着汗，一边慢慢向窗户走去。

寻　找

○任万杰

在沿海的肇东市,有一档晚间节目叫《寻找真情》。节目很普通,人员配置也很简单,主要人员就两个人,一个是主播王雪,另一个是策划周扬。两个人新毕业不久,节目质量可想而知,收视率不温不火,一晃五年过去了。

两个人原来在学校就是一对恋人,本来对未来充满了幻想,可现实是残酷的,在陌生的城市生活,处处需要钱,为了节省开支也为了打发寂寞,两人同居了。有的时候王雪趴在周扬的怀里,很感伤地说:"我们,结婚吧!"

周扬摸了摸王雪的头,停顿了一会儿说:"不要开玩笑了。结婚,怎么结,我们什么都没有,你是三流主播,我是三流策划,现在不努力,结婚后有了孩子,再分散精力,那我们彻底完了。相信我,我们一定会出人头地,我会风风光光娶你,相信我。"每一次周扬说完,王雪都是抬起头看着他甜蜜地笑一笑。

最近几天,主任老找周扬,次次都是批评。也难怪,节目确实没有新意,今天报道小孩子扶老大爷过马路,明天报道拾金不昧,后天就是无偿献血,就这几样来回颠倒,民意调查结果可想而知。主任责令他们立刻想出办法,否则节目取消,他们两个拎包走人。

为这个事情,两个人最近都很烦,这天晚上,周扬无聊地浏览着都市网页,突然一组照片吸引了他,内容其实很简单:一个中年人,脖子上挂个牌子,上面写着寻找妻子和孩子,围观的人很多,大家都投来同情的目光。

一看这组照片,周扬兴奋地跳了起来,王雪赶紧从卫生间跑了出来,吃惊地看着他。周扬指着照片对王雪说:"太好了,我们翻身的机会到了。雪,你想想,在一个大都市,一个普通男人,用最原始的方法,寻找自己最亲的人。你看看,周围的人都被感动了。如果我们以寻找为主线,多集连播,有悬念,有真情,我们的节目一定会火的。"

王雪没有那么兴奋,只是笑了笑说:"扬,你真是个工作狂,好吧,我相信你。"

就这样,周扬动用了各种关系,最后找到了寻找妻儿的中年人。经过劝说,中年人答应上节目。根据中年人提供的线索,周扬配合公安局,层层分析,步步追查,走访排除。节目情节扣人心弦,内容催人泪下。特别是事情是真实的,在节目现场,中年人有很浓重的地方口音,打扮很土气,一看就是个老实巴交的农民。

每当回忆起自己和妻子甜蜜的生活,中年人都会哭得很伤心,节目被迫停止。等中年人情绪好了一点,他就会拿出可爱的儿子的相片,细心地摸着,断断续续地讲着他们的故事。王雪在旁边安慰道:"你不要太伤心了。"

他抬起头看着王雪,很悲伤地说:"你不知道的,老婆和孩子就是我的命啊!每当我从地里回来,从老婆手里接过孩子,抱着儿子吃着老婆给我做的饭,我,我感觉自己是最幸福的男人,可现在没了,什么都没了。"突然,中年人对着摄像机喊道:"我好想你们,你们在哪里啊?快回来我们一起好好过日子。"王雪也忍不住哭了,现场更是哭声一片。

就这样一连三个月过去了，寻找范围越来越小，最后经过各方的努力，中年人的妻子找到了。可在跟踪拍摄过程中，意外发生了，本来是个圆满结局，可妻子就是不回来，她说出了原因：这本来就是个骗局。她原来就有家，孩子本来就怀上了，丈夫是个很坏的人，为了骗一点钱，经过观察最后选中了中年人。经过一段时间，她发现他是个好人，时间越长自己陷得越深，为了不伤害他，所以默默离开了。

中年人不相信这是真的。这时一个吊儿郎当的痞子从房子里出来，开口骂道："你算老几啊，还赖着不走，小心我打断你的腿。你不要还傻站在那里给我丢人。本来让你弄点钱花花，可你倒好，一分钱没拿还跟人好上了，看我到屋里怎么收拾你。"

可能痞子的声音太大了，本来在女人怀里安静的孩子，突然大声哭了起来。中年人止住了哭声，看着女人怀里的孩子，轻轻地拍了拍手，很温柔地说："宝宝，宝宝不哭，来让爸爸抱抱。"孩子真的不哭了，笑得咯咯响，伸开双手想让中年人抱。中年人往前走了两步，又停下了，无奈地摇了摇头，手慢慢地伸进衣服里，从怀里掏出一个小布包，小心地打开，里面各种面值的钱都有。他走到男人面前，放到男人手里，很感伤地说："不要打她，这是我所有的钱，给孩子买点好吃的，你很幸福，我希望能成为你。"

说完，中年人很失落地往外走，女人突然喊道："大哥，我对不起你。"中年人停下了脚步，没有回头，轻声地说："不要这么说，我要谢谢你，给过我幸福。"说完中年人没有再停留。

经过这期节目，周扬和王雪都出名了。周扬很忙，等他忙过之后，发现好久没有看见王雪了。他赶紧掏出电话，一时想不起号码了，又赶紧翻开本子。电话终于通了，王雪在那边沉默了一会儿，很坚定地说："不要找我了，扬，我已经走很长时间了。我知道，你不会娶我的。我们是两种人，我希望有一个男人，从我手中接过孩子，抱着孩子吃我做的饭。我要寻找我的幸福，同时我也祝你幸福，再见了。"

等周扬再打过去的时候，电话已经关机了。周扬赶紧给主任打电话请假，主任问他为什么请假，周扬急迫地说："我妻子不见了，我一定要找到她。"

妙　计

○任万杰

李大和李二是亲兄弟,但两人的聪明程度差很多,李大脑袋活招也多,而李二老老实实,平时寡言少语。

一次,家里缺盐,让李二到镇上批发些回来。天气热,李二拿了一把伞,匆匆出了门。在路上要经过一条水沟,李二刚要过去,看见有个盲人在这里犹豫不前,试探了几下也没过去,便上前问:"老大爷,您要过沟啊?"盲人点了点头。李二蹲下来,让老人趴在自己肩上,盲人给李二打伞,李二就把盲人背了过去。

放下盲人,盲人很感激。可当李二要伞的时候,盲人却不给,硬说伞是自己的。两个人一拉扯,引来多人围观。大家都说李二欺负盲人,李二脸憋得通红,就是不撒手。最后有人出主意,谁能说出伞上的特征,伞就是谁的。李二平时没有注意,而盲人对这个很敏感,立刻回答伞骨是八根。李二没有办法,只好撒手。

李二垂头丧气地来到镇上。由于路上耽误了很长时间,已到中午,肚子饿了,李二就来到好再来面馆。一问价,三块钱一碗,李二要了一碗面,顺手拿起桌子上的蒜,狼吞虎咽地吃开了。由于李二吃相狼狈,穿得又不好,吃完饭服务员要五元,李二问为什么。

服务员说:"面是面的钱,蒜是蒜的钱。"

李二气呼呼地说:"这是什么道理,吃蒜还要钱?"

服务员讥笑说:"蒜不是钱买的吗? 快掏钱!"

李二最终还是掏了五元。

生气归生气,正事还得办。来到实惠盐店买盐,要买三十斤。售货员用秤一称,手一滑秤翻了,盐撒在了很脏的地上。售货员扫起来装进袋子里,连土带盐一起称,刚好三十斤,交到李二手里,让他付钱。

李二看了看带土的盐,说:"这么多土,我不要!"

售货员把老板叫来,老板恶狠狠地说:"什么? 称好了你不要,你欠揍啊?"老板人多,李二拗不过,只好要了。

背着盐回到家,李二晚饭也吃不进,坐在凳子上生闷气。李大回来,见弟弟表情反常,就问出了什么事。李二把连连倒霉的经历讲了一遍。

听完弟弟的话,李大笑了笑:"我还以为什么事情呢! 老弟不要生气了,快吃饭,看哥哥明天怎么收拾他们!"

第二天,李大按照李二的路线进城,看见盲人准备过水沟到镇上去算卦,正在焦急地等别人帮助。李大在后面突然给了他一脚,盲人摔进了水沟里。等了一会儿,李大把盲人扶了起来,关切地问:"老大爷,您怎么摔到沟里了?"

盲人气呼呼地说:"你快帮我看看,刚过去的是谁?"

李大告诉盲人,是好再来面馆的服务员。

盲人很感激,随后问:"能告诉我,你是谁吗?"

李大说:"我是镇上实惠盐店的老板。"

李大把盲人领到好再来面馆门口,便悄悄走开了。盲人气呼呼地走进去,一通乱砸。大家赶紧把他拉开,问为什么。

盲人说:"谁让你的伙计把我踹进了水沟里,你看我现在全身是泥!"大家很奇怪,就问:"你又看不见,怎么知道是谁踹的?"

盲人说："我看不见，可实惠盐店的老板看见了，是他告诉我的。"

一听这话，好再来面馆的伙计来到实惠盐店，进屋也是一顿发泄，实惠盐店的老板问他为什么这么做。

好再来面馆的伙计告诉他："你乱栽赃陷害，这是该得的报应！"

实惠盐店的老板报了警，三方被带到了派出所。

民警一问，盲人由于看不见，所以也说不清，让他赔，他也没钱。他不赔好再来面馆，好再来面馆就不拿钱赔别人，实惠盐店的老板干着急。这件事情一拖好几个月，最后不了了之。